虹色ジャーニー

女と男と、
時々ハーフ

浅沼 智也
Tomoya Asanuma

文芸社

今日頑張ったら明日死のう。

今考えると少し笑える話だ。

でも、十代の僕は、自分に言い聞かせることで気持ちを落ち着かせるしかなかった。

現実が怖かった。いつも逃げ出したかった。

女か男か正直よくわからない。心って、自分にも他人にも見えない。だから自分のことを人に説明しづらいし、理解を得るのも難しい。

男になる（戻る）治療をすれば、男性化すれば、生きやすいと思っていた。でも何かが違うような気がする。満たされない心。いつになったら楽になる？

もくじ

I　ヒーローになれないお姫様

思い出したこと

平成元年四月三十日、岡山県岡山市で僕は生まれた。割り当てられた性別は可愛い女の子だった。きっと僕は泣いていて、みんなは喜びに満ち溢《あふ》れていたんだろうと思う。

僕は自慢ではないが、小学校以前の記憶は正直ほとんどない。

よく小さい頃の思い出話をする人がいるが、僕は七五三やら入園式などのあらゆる行事や出来事を全くと言っていいほど覚えていない。

だから、本を出すにあたり、昔の写真を見たり、おかんにどんな子だったか聞いてみた。

どうやら僕は、小さい頃からとてもやんちゃな子供だったらしい。外で遊ぶのが好きで、近所の子供達と一緒によく鬼ごっこやせんたいものごっこをしていたらしい。かなりの内股で自分の足に引っかかりよく転んでいたそうだ。

また、体が軟弱でよく熱を出す子供だったそう。

おかんから話を聞いていて思い出したことが三つほどある。

まず一つ目は、当時アパートの二階に住んでいたのだが、隣の家に僕によく懐いていた猫がいたことだ。

昔は今と違い、近所付き合いも多く、アパートの住人とはほとんど顔見知りだった。僕の家は昼間玄関を開けていることが多く、よく隣の猫が遊びに来ていた。その猫はこんがり焼いたハムが好きで、遊びに来るとおかんのところに擦り寄り、ハムをおねだりしていたことを思い出した。僕はその猫とはとても仲がよかった。

二つ目は、クリスマスの時の話。

当時サンタクロースを本気で信じていた。赤い服を着た小太りな髭面《ひげづら》のおじさんがクリスマスイブに僕が望んでいるプレゼントを持ってやってくる。だからクリスマスイブはとても大好きだった。四歳のクリスマスイブの日、僕はサンタと一緒に来るトナカイにお礼がしたくて、玄関に大きな人参を一本置いた。お礼の背景には僕の家にも忘れずにプレゼントを持ってきてもらいたい意図もあった。

当時の自分では考えられなかったが、大人になった今、冷静に考えると、煙突もない、玄関は鍵が掛かっているような場所に、トナカイのソリに乗ったサンタが入るなんて不可能に近いと少し笑えた。でも、その時は朝方プレゼントが靴下に入っていたこと、玄関に置いたはずの人参がなくなっていたことがとても嬉しかったためか、そこのシーンだけを思い出した。

三つ目は、人生で最初に死にかけた話だ。アパートの近くに用水路があり、そこの用水路には反対側に行けるよう一本の丸太が置かれていた。その丸太を渡ったり、丸太の上でよく仲間たちと遊んでいたのだが、ある時、渡る途中で足を滑らせて転落してしまったことがある。

意外と底が深い用水路で、僕は必死に水の中でもがき、仲間たちが慌てて大人を呼びに行ってくれた。男の人が溺れていた僕をすくい上げてくれたことを、記憶をたどっていった時に思い出した。

僕にとっては最初の恩人だったと思う。顔は覚えていないけれど。あの時は、あの人がいなかったら溺死していたと思う。

そういえば、三、四歳頃から、出生時に割り当てられた性別と、生活する上での性別に違和感があったという人の話を聞いたことがあるが、この時にはまだ自分自身の性自認なんて考えていなかった。

しかも、昔の写真で三つ編みでフリフリなスカートをはいていた頃のものを見つけた。すごく笑顔だし、きっと「今」を生きていたんだと思う。おかんは、子供は女の子を望んでいたため、女性らしい服装を強要されることが多く、当時「メゾピアノ」というブランドを着ていたことが多かったらしい。僕が嫌がっていたのかは怖くて聞けないけど。

でも僕は、外遊びも好きだったが、シルバニアファミリーやおままごともしていた。あと、ぬいぐるみにもよく話しかけていたらしい。

突然の田舎暮らし

小学校に入るとともに僕たちは総社市に引っ越しをした。元々おかんの両親が建てていた家の隣に、新築の家を建てたのだ。

うって変わって僕の波乱万丈デビューが始まる。今でもおかんは「引っ越しをしなかったらあなたの人生は違ったかもね」と言ってくることがある。岡山市内に住んでいたところでは、みんな言葉遣いが綺麗《きれい》で上

七五三の時に撮った、ドレスを着た僕

品だったからだ。総社では方言が強い人が多く、第一印象は荒々しい感じだった。「はよしね～」「～ゆうとろうが」等。こんなことを言うと総社市民を敵にまわす気がするが（笑）。

小学校では、のびのびと生活した。総社市は自然が多く、空気がとても澄んでる。学校までは徒歩で約三十分程度。班を作り一列になって登校する。一年生の時から男女でランドセルの色が赤と黒しかないことや制服が異なることがとても不思議ではあったが、苦痛までには至らなかった。当時の僕は赤色がすごく好きだったからだ。戦隊モノでも赤色は目立っており、とてもかっこよく感じた。だからこそ余計赤が好きだった。

小学校入学当初についてはよく覚えていないが、一年生でありながら六年生の近所の女の子がすごく好きだった。ただ、恋をしていたのかはよくわからない。しかし、一緒の班で毎日学校へ登下校できることが僕にとっての楽しみだった。六年生が先頭と後尾につき、一年生が二番目に並ぶ決まりがあった。

僕の大好きだった六年生の女の子は、いつも僕の班の先頭にいた。三十分の長い通学路は、僕の前をその子が歩いているだけで幸せなひと時だった。近所だからこそ、何かと口実をつけてその子の家に遊びに行っていた。今思い出すとストーカーに近いが、好きすぎて郵便ポストの中に飴玉《あめだま》やラブレターを入れたこともある気がする。

また、おかんにも、

「聞いてー。好きな人がいるんじゃけど。六年生のRちゃん。すごく可愛くて好きなんじゃ」

と、特に何も考えずに話していたことをふと思い出した。今となってその時のおかんの心境を聞く勇気はないが、きっと恋愛感情ではないと思っていたと思う。

一年生の僕はませてはいたが、六年生のRちゃんが卒業をしてからというもの四年生までは恋愛というものには縁もなく、考えもしなかった。当時から年上好きだったのもあり、クラスの人には気持ちがいかなかった。また、小学校の頃は男女仲が良く、一つの組しかなかったためクラス替えもなく、六年間ずっと一緒のクラスメイトだった。


僕は六年間で飼育委員や放送委員や体育委員、給食委員などいろいろな委員会をやった。とにかくアクティブな上にスポーツも好きで、バドミントンクラブやミニバスケットボールのチームに入ったりもしていた。

小学校の給食も好きだったし、僕の小学校ライフは充実していた。そういえば、書いていて思い出したのだが、ちょくちょく女子トイレではなく、人目を盗んで男子トイレに行っていた。なぜ男子トイレに入ったのかはよくわからないが、女子トイレより居心地がよかった思い出がある。

徐々にジェンダーについて違和感をもつようになったのは、先生や周囲の大人たちが女子には「〜ちゃん」、男子には「〜君」と呼ぶことや、保健の授業での性教育や健康診断での男女別が始まってからである。

保健の授業では、女子だけを集めて生理の話があった。僕には関係ないことだと思い真剣には聞いていなかったが、なぜか、使用済みのナプキンはキャンディーのように小さく丸めてから捨てなさいと言った先生の言葉だけは覚えている。

男女で生殖器が異なる話もしていたような気がするが、当時の自分は重要視していなかった。

四年生になり、転校生の男の子がやってきた。そして、なんとその子に告白をされて人生で初めて付き合った。自分で言うのはちょっと恥ずかしいが、小学校の頃の僕はなぜかモテた。同い年には全く靡《なび》かなかった僕だけど、その人のことは好きだった。顔もかっこいいし、ロマンチストだった。他の子から告白されることもたびたびあったのだが、断ることが多く、付き合うまでには至らなかった。その子とは手を繋《つな》いだりデートをしたりした。僕自身もモテていたことをいいことに可愛い子ぶっていた。しかし、当時、女としてその男子が好きだったかと聞かれるとよくわからない部分も多いが、女として扱われることには抵抗感があった。その人から貸してもらった学ランを着ると、もやもやしている気持ちが自然となくなり、すごく嬉しくていろんな人に学ラン姿の自分を見せびらかして歩いた気がする。一年もたたないうちに別れたけど良い思い出だ。

とにかく、ジェンダー別に分けられたときに「女性」に所属するのは嫌だった。

だが、当時、すでにジェンダーロール（性別によって社会から期待されたり、自ら表現する役割や行動様式）を知っていた僕は、感情をうまく表出できなくて、男性側の役割の選択はできず、現状維持をするしか選択肢はなかった。

また、卒業式の日や告白時に好きな女子に学ランの第二ボタンをあげている男子を見ると、言葉で伝えなくても伝わる感じが羨ましくて仕方なかった。僕だって学ランを着て、第二ボタンを好きな子や、僕のことを気になってくれる子がいればあげたかった。だから、学ランの全ボタンがない男子を見ると、余計羨ましくて仕方がなかったし、悔しくてたまらなかった。

そういえば、僕はバレンタインデーが大好きだった。女子からチョコをもらうことも多かったが、男子たちにあげることもあった。だって、お返しで良いものをもらえることも多かったし、当時はバレンタインでもらった場合、その金額の三倍返しが当たり前だったから、あげることに利益を感じた。僕自身、貪欲で見返りをすごく求めていたし、ホワイトデーはどんな豪華なお返しがもらえるのか楽しみで仕方なかった。

ありがとうラッキー

小学校四年生の頃、たまたま家族で買い物に行ったついでにホームセンターに寄ったことがあった。

そのホームセンターにはペットショップもあり、ふらっと僕が行ったことが「ラッキー」との出会いだった。

「誰か飼って下さい」と書いた紙が貼られた段ボールの中には小さな犬がいた。こっちを見つめていて、僕はなぜかその犬が気になって仕方なかった。

僕の家は、おとんは動物が大好きだったのだが、おじいちゃんが動物を飼うことに猛反対だったため、動物を飼うことはタブー化されていた。しかし、なぜかこの犬だけは気になり、そばから離れたくなかった。

買い物が終わり、おかんとおとんが僕を捜しにペットショップまで来た。その時にこの犬を飼いたいと駄々をこねたらしく（当時の記憶があまりない）、おじいちゃんに怒られる覚悟でラッキーを連れて帰ってきた。

ラッキーは小柄で、飼い始めた当時はまだ一歳にもなっていなかった。額の黒ぶちがチャームポイントの雑種だ。ダルメシアンとビーグル犬の混合であり、胴体にも斑点があった。ラッキーと名付けたのはおとんで、僕たちに拾われてラッキーという意味合いからつけた。

一人っ子だった僕だが、ラッキーがいてくれたおかげで寂しくなかった。毎日の散歩はちょっと面倒だったたし、自由な犬だから飼い主を気にせず好きな方向に紐《ひも》がついたまま走っていくため、僕が散歩されているような気になった。また、急に足にしがみついて腰をふってくるような一面もあったが、僕が泣いていたり、悲しそうな表情をすると必ずそばにいてくれた。ラッキーがまだ小さい子犬の頃は室内で飼って一緒の布団で寝ていたが、成長してからは犬小屋を作り、外で飼っていた。

ラッキーの具合が悪くなってきたのは僕がちょうど六年生の秋頃からだ。突然吠えたり、急に痙攣《けいれん》を起こすこともあった。

動物病院に連れていったら、どうやら脳の病気だったらしい。治療も施せないほど末期だったらしく、先生は生まれつきのものではないかと言っていた。これから痙攣する回数が増える可能性があることや、僕のことがわからなくなったり、記憶がなくなる可能性があることを先生は僕たちに説明してくれた。

その説明通り、ラッキーは徐々に変わっていった。僕たちがいない時にも痙攣を繰り返していたのか、ご飯をあげにラッキーのもとへ行くと口に泡がついていたこともあった。

ラッキーと一緒に

また、ラッキー自身が痛かったのかつらかったのかよくわからないが、コンクリートの壁に自ら突進して頭をぶつけていることも多々あった。冬には目つきまで変わり、食事も摂らなくなり、どんどんやせ細っていった。相棒であった僕の存在を忘れることもあり、近づくと吠えることや、手を出すと噛みつこうとしたりすることもあった。

僕はラッキーのことが心配で、冬休み中はずっとそばで見守っていた。痙攣がひどい時にはそのまま白目になり倒れることもあった。そしてその都度おかんを呼び、一緒にラッキーをさすったりした。

忘れもしない、十二歳の十二月三十一日の朝、おかんが僕の部屋に入ってきた。「ラッキーが死んでる」と、それだけ言って部屋をあとにした。

僕はすぐには状況把握ができなくてひどく混乱した。しばらくして心に整理がついて現状を理解できたのか、布団の中で声を押し殺して泣いた。泣く姿は誰にも見られたくなかったし、強い子でいたかったからだ。

泣けるだけ泣いて、重い布団から出て顔を洗った。家族にばれないようにするためだ。そして、ラッキーのいる犬小屋へ向かった。

今まで身近な人の死を経験したことがなかったからか、死ぬことへの実感がなかったし、当時は生き返るとすら思っていた。

ラッキーは目を開けたまま横たわっていた。痙攣をしていたのか口には泡がついていた。僕は近づき、

「ラッキー起きなよ。いつまで寝てんの？　腹減ったろ？」

なんて声をかけラッキーに触った。すでに体は冷たくなっていたが、僕はまだ生きている、もし死んでいても生き返ると本気で思って声をかけることを諦めなかった。するとおかんが見兼ねて僕の肩に手をおいた。

「ラッキーは死んだんだよ。もうこの世にはいない」

と言われた瞬間、子供ながらに死というものを知ったのだった。そのあと、おかんと二人でラッキーを抱きかかえ毛布に包《くる》んだ。そして動物供養所にラッキーを預けた。他の動

物と一緒に火葬されるため、ラッキーの遺骨は僕の元に戻ることはなかった。

でも僕の心の中でラッキーは生き続けている。どうしようもないあほ犬だったが、ラッキーがいてくれたおかげで僕は寂しくなかった。

ラッキー、いつもありがとう。天国では楽しくしているかな。僕も相当頭の悪いバカな相棒だったかもしれないけど、あの時僕を選んでくれてありがとう。毎年十二月三十一日、いつもラッキーのことを想ってるよ。

おかんがラッキーのために作ってくれたご飯を盗み食いしてごめんね。ラッキーはあほだけど食い意地ははってたから、ご飯の量が減っていたことには気づいてたよね。謝りそびれてしまったから、この場を借りて謝るね。

ごめんね、そしていつもそばにいてくれて本当にありがとう。安らかに眠ってね。

Ⅱ　智子という名の男の娘

戦争!!　中学デビュー

中学校一年生、違和感のあるセーラー服を着ての入学式。上靴も女子と男子で色が分かれており、女子は赤色、男子は青色だった。小学校とも合体するため、A組B組C組D組の四クラスに分かれた。他の小学校からの友人とはほとんど一緒のクラスにはなれず、別の小学校出身の子ばっかりだった。

人見知りが激しい僕にとって、友達を作ることは、最初は難しかったし、何より女の子の「着ぐるみ」をかぶり、セーラー服を着たネタな自分自身を他者に見られることにも抵抗があった。

でも、持ち前の明るい性格があったため、徐々にだが、友達ができ始めた。しかし、女友達ばかりで男友達を作ることは難しく、やっとできて仲良く話しているだけで恋人や恋愛感情があるなどと噂をされることも多く、いちいち周囲に訂正するのも疲れたし、男友達も噂をされることが嫌だったのか疎遠になっていった。

入学して早々、上下関係について教えられた。一年生は一階で、学年が上がるごとに上の階にいく仕組みとなっていた。教室が三階にある三年生は、当時やんちゃな学生が多く、上から雑巾やスリッパが落ちてくることや、一階から上を覗くだけでも唾が落ちてくることも多々あった。

小学校の時には上下関係なんて知らなかった僕だが、中学に入り部活をし始めてから、先輩後輩での立ち位置も嫌というほど学んだ。でも、それがマイナスになったかと言われたら、社会的常識を学ぶことにも繋がったため良い経験だったと思う。


僕がいじめられ始めたのは中学二年生あたりからだ。

中二の頃は部活動に没頭していたし、部活を理由に体操着のままでいることもできた。体操着は男女同じであるため、他学年から見た時に、見た目でしか男女が判断できないし、当時はかなりボーイッシュだったため「あの人（男と女）どっち？」なんて、廊下を通った時にこそこそと言われることもあり、女性だと断定されないことに嬉しくもあった。

だが、僕が女らしくないことや、おちゃらけていた性格が気に入らない男子がちらほらといて、自然といじめの対象になった。言葉だけではなく、態度もそうだった。自分の使っていた机や教科書に「死ね」とか「消えろ」と落書きをされたり、靴がなくなっていたこともあった。また、はっちゃけているイケイケの男子のグループからは、聞こえよがしに陰口を叩《たた》かれたり、無視をされたり、「男女《おとこおんな》」とか「キモイ」とか言われたこともあった。

女子たちからのいじめもちょくちょくあった。でも言い返す勇気もない僕は、ただ耐えるしかなかった。

中学三年生に上がった時には携帯をもっていたのだが、知らない番号や非通知、公衆電話からの電話がかかってくることがたびたびあり、電話に出ると名前も名乗らず、「死ね」とか「消えろ」とか「殺す」などの言葉を浴びせられたことがあった。

そのことがトラウマで、今では非通知や知らない番号からの電話には出られなくなってしまい、そういった番号の着信履歴を見るだけで震えてしまう。

地獄の青春

何よりも嫌だったのは、宿泊研修と修学旅行と水泳の授業だ。小学校の頃から、いや、生まれた時からだが、戸籍上の性別で何をするにも分けられた。唯一、学校ライフでの休憩時間は男女関係なく過ごせたため、小学校の頃は男女で行動をともにしたが、中学校ではそうはいかない。男女がお互いを異性として意識し始め、男女別に群れる行動が始まるからだ。そのため、自然と男女一緒に行動することはなくなった。寧《むし》ろ男女で行動をすると奇異な目か、恋人同士としか思われず、中間ということはあり得ない概念だった。

宿泊研修や修学旅行で僕の一番の苦痛は、男女で分かれた部屋と、風呂だった。一緒の時間に女性とともにお風呂に入らないといけないからだ。女子の体を見られることはとても嬉しいことだが、反対に僕自身の体を見られるのが嫌だった。まじまじと見る人は少ないとは思うが、おっぱいがでかいだの、陰毛が生えてきただの、女同士でも体を見て評価しあう傾向があった。部屋割りも男女で分かれ、必然的に女性部屋に割り当てられ、女性であることを自覚しなければならないからだ。

あと、めんどくさいのが男女間の恋愛だ。お互い性を意識する歳《とし》であり、僕自身も好きな女子がいた。好きだった女子（今後Tちゃんとする）とは友達として距離を縮めることはできたが、友達以上の関係になることは難しかった。僕自身、体に違和感はあったが、自分が何者かわからなかったし、今まで女友達と思っていた奴から、急に告白をされたら気持ちが悪いだろうと思ったし、自分自身が偽装してでも作り上げた唯一の居場所がなくなってしまうことが、何より怖かった。

水泳の授業に関しては、男子はクラスで着替えて、女子はプール近くのプレハブで着替えるのが学校の決まりだった。女子と一緒に着替えること、また男女で水着の形が違うことに、とても嫌悪感があった。

しかも、水着の一番の難点はボディラインが強調されることだった。中学で第二次性徴期がきた僕にとって、ボディラインを出すことは屈辱でしかなかったし、特にプールのある日には死にたい気持ちが強かった。あなたは女性なんですよ！　自覚してください！と自然と圧力をかけられている気がした。しかし、体調不良のふりをして休み続けると、体育の評価が減点されるし両親へ連絡されても困るので、自分の気持ちを押し殺して歯を食いしばりながらでも出席するしかなかった。

血みどろ大サーカス

ある日、かなりの腹痛に襲われた。

朝は特に何でもなかったのだが、徐々に痛みが増してきて歩けないぐらいのレベルにまで達した。幸いにも休日だったためトイレにこもっていたが、痛すぎて何回か叫びたくなるぐらいだった。そして、ティッシュペーパーで陰部を拭いた時に血がついた。

僕はびっくりして、思わず「ぎゃーーー！」と大声を出してしまった。それを聞いたおかんが焦った様子で僕の元へ飛んできた。おかんに血の付いたティッシュを見せて、「もう病気で死ぬんやわ」と言ったら、なぜか喜んでいた。内心、「えっ。もう死ぬのに何で喜んどんや。早く病院につれていけーー。重症じゃ」と思っていたのだが、実は女性特有の「生理」というものだったらしい。

僕には関係ないことだと思い（知識としては頭の片隅にはあったが）今まで勉強してこなかったが、生理がきた瞬間、女性というレッテルを貼られた気がした。僕はなぜかお腹の痛みより、生理がきた悲しみの方が強く、泣いてしまった。おかんはそれを見て生理がきたことに嬉しくて泣いていると思ったらしく、「よかったわね。今晩はお赤飯を炊くわ」なんて言われた。

おかんは女性特有の病気で、僕を産んだ後に子宮卵巣をとっていたらしい。だから家に女性用のナプキンやナプキンを入れるゴミ箱はなく、僕自身も関係のないことだと思っていた。しかし自分に生理という「悪魔」が降りかかり、ご飯も食べる気がせず、その日はずっと自分の部屋に引きこもった。

最悪なことに僕は生理痛がひどい方で、生理がきた初日から三日目まではあたりは痛み止めが必須で、歩けなくなるぐらいお腹が痛くなることもあった。出血の量も多かったが、学校でナプキンを替えたり、ナプキン自体を持ち歩くのが嫌だったため、夜用の大きいタイプをつけて通学していた。しかし夏場になれば、長時間同じナプキンを使用することで臭いが気になり、替えなきゃいけないことも多く苦痛でしかなかった。

これが死ぬまで続くのかと考えただけで、生きていくのがつらくも感じた。何より家で生理になるのは僕だけで、生理用グッズの購入をしなければいけないことも嫌だった。

だけれど、大嫌いな生理の中でも唯一救われたのが、水泳の授業だった。生理痛という言い訳だけで、ボディラインの見える水着に着替えなくていいから。それに、「生理痛でしんどい」（本当はなっていないのに）をキーワードに学校をさぼることもできたからだ。

だが、それは遠回しに女性特有のものがあるんだといった象徴にもなったため、複雑な気持ちではあった。

青春時代の葛藤

ジェンダー別での学校生活の中で、唯一の救いは男女同一の体操着であった。男女の区別がないため、クラスが異なる子からたまに男子と思われ接せられることがあり、嬉しかった。

男女で唯一、一緒だったドッジボールでさえ、「女子＝か弱い」というレッテルがあり、男子は女子に手加減をしていた。それが、僕にとっては苦痛でしかなかった。体は女子だったが、同じ男子たちに負けたくない気持ちが強かった。でも、当時の僕は第二次性徴で女性化したこともあり、どんなに頑張っても体力の差を感じた。本気を出しても負けてしまう自分が悔しくてたまらなかった。

しかし、良い面もあった。体育の授業で男女に分かれた時は、女子の花園で自分が活躍でき、黄色い声援なんかももらえたりするからだ。

少しかっこつけるだけでキャーなんて言われることも多かったため、体育はすごく好きだった。

逆に保健の授業は苦痛だった。男女二元論での話が多く、僕のような体に違和感を持つ人や同性愛者の話など、多様な性についての話は一切出てこず、周囲にも僕のような人がいなかったため、知識や情報を得ることすらできず、僕の中のモヤモヤが増えた。それに、授業で男女の役割を明確化されると僕みたいな奴は生きてはいけない気がした。

二次性徴期到来

前にも書いたように、中二でとうとう僕にも第二次性徴期がきた。生き地獄というか、もはや苦痛との闘いである。そして自分自身の体が女性らしくなることで、女性という認識を確定しなければいけなくなったきっかけでもある。ぺたんこの胸はどんどん膨らみ、体は丸みを帯びてきて、とどめには生理まできた。

僕はブラジャーというものを人生で初めてこの時につけたが、心地のよいものではなかった。おかんが買ってきたものを装着したが、息苦しいし、違和感が半端ない。でも、ブラジャーをつけなければ服の上から乳首が透けてしまい、恥ずかしい思いをしなければならないため、仕方なくつけた。

しかし、嫌なものは嫌だし、少しでも胸の発達を抑えたかった僕は、ガムテープで胸を潰す手段に出た。毎日ブラジャーをつけることやサイズアップをしていく胸が嫌で何かいい方法はないか考えていた時に、たまたま目に入ったのがガムテープだったからだ。

粘着力があるため剥がす時に乳首の皮がむけたり、夏の汗ばんだ時期だと汗疹《あせも》ができたりとデメリットが多かったが、膨らんだ胸を強調するよりは、痛くても胸を潰して少しでも平らにする方がましだった。親には怪しまれないように定期的にブラジャーは洗濯に出すようにしていた。

そして、当時から膨らんだ胸をカバーできるように猫背の姿勢をとっていた。そのため、その姿勢が定着してしまい、胸の手術をした今でも、無意識のうちに猫背になってしまうことが多く悩みのタネの一つである。

女子的生活

第一人称は「自分」だった。「俺」や「僕」とも言えず、かと言って、「あたし」や「うち」とは言いたくなかった。たまに自分のことを下の名前で呼んでいる人もいるが、女性らしい名前のためそれも嫌だった。髪は短すぎず長すぎず、おかんに怒られない程度に女性に見えるぎりぎりラインへ。服装は中性的な服や少しダボついた女性らしいボディラインが見えにくい服をなるべく着ていた。

女性らしい服を着るとおかんは喜び、ボーイッシュな服を好んで買おうとすると嫌な顔をした。なんせ稼ぎのない僕にとって、決定権はおかんの方が強く、毎回機嫌や顔色をうかがいながらの服の購入だった。

おかんの喜ぶ顔は好きだし、その喜ぶ顔を見たくてあえて女性らしい服を選んだこともある。実際に購入しても、着るかどうかは別だし、一回着て二度と着ていない女性服もあるが。

小学校の頃はおとんと一緒に床屋に行って髪を切っていた。中学校に入り、おかんの行きつけの美容院デビューを果たした。床屋とは違い女性が多く、お洒落《しゃれ》な印象だった。そこで僕は、自分の髪を切ってくれた女性に恋をした。決して髪を切るのが上手《うま》かったわけではないが、浜崎あゆみ似の人で、とても笑顔が可愛かった。その人に会いたいがために、二か月〜三か月に一回のペースで髪を切りに通っていた。また、自転車で行けるような距離にあった美容院のため、行く用事もないのにあえてそこの美容院の前を通ったりすることもあった。

あとでわかったのだが、その好きだった女性はＦＴＭ（「female to male」の略で、自分の性を女性から男性へ移行したい人、または移行した人のこと。男性から女性へはMTFという）の友人のお姉ちゃんだった。

「モテキ」到来

中二〜中三の僕は、とりあえず女性にモテた。というのも、当時、ソフトテニス部に所属していてスポーツに打ち込んでいたためか、かっこよく見えた部分があるのだと思う。勉強をそっちのけでテニスのことしか考えていなかった。

試合では他中学の人と交流があるのだが、そこで意気投合することも少なくなかった。恋多き僕にとって、人を好きになることに時間は要さなかったし、当時は同時に複数人好きになることもあった。ただ、体が女性だったため本気で告白をしてしまうと相手が引いてしまうことを考え、「遊びで付き合おう」をキーワードに他中学の人と交流を深めていった。

同年代のメンバーで約三名が他中学の子と遊びで付き合っていた。男女の恋人関係のようにはいかず、デートをしたり手を繋いだりするだけだった。それ以上して相手に引かれてしまうことを恐れ、一定の距離は保っていた。

そして、何より他中学の子と付き合うというところに僕は興奮と喜びがあった。なんていうか、他の人より大人びた感じがたまらなく気持ちよかった。多い時には他中学三、四人ぐらいと遊びで付き合っていた。まさに「両手に華」の状態だった。

そして、テニスの場合、試合になると、その人の人気度がわかる。テニスコートの周囲に観客が集まるからだ。人気のプレイヤーだと、テニスコートの周囲にびっしりと人が集まっていることもあった。僕も試合の時はギャラリーが多く、特に気になっている子や遊びで付き合っている子が見に来てくれることが多く、「やる気あり男」になっていた。

ジェンダーのことを考えるとしんどい部分もあったが、部活に励んだこと、部活のメンバーにボーイッシュな子がいたことが、部分的ではあるものの僕の中学校時代を明るく楽しいものにしてくれた。

だが、夜になると押し寄せてくる孤独感は消えなかった。

小さな少年

僕はいつもサバを読んで身長一五二センチと言っているが、実際は一四七センチぐらいしかない。

小学校で身長の伸びが止まってしまった。両親は背が高いにもかかわらず僕が伸びなかった原因は、きっと小四で煙草を吸ったことだとは思うが、チビであることはコンプレックスの一つだ。小さい頃からよくおかんに身長のことを話していた記憶があるし、自分ぐらい背の低い男がいるのかどうかもネットで検索していた。一番低い男性有名人でも一五六センチぐらいだったため、ショックが大きかった。

一度は病院に連れていってもらい医師に相談し、成長ホルモン投与を検討したこともあったが、投与するには時期がすでに遅いと言われてしまった。愕然《がくぜん》としていた頃に、テレビショッピングで身長を伸ばせる器具の特集をしており、おかんに相談して注文したこともあった。両足を器具にひっかけてレバーを回し、ただ足を伸ばすといった原始的なものであり、ややうさんくさかったが、とにかく身長を伸ばしたかった僕は藁《わら》にもすがる思いで、どんな方法でも実践してみたかった。しかしあまり効果はなく、ただの筋トレグッズにしかならなかった。

小学校低学年の頃には背の順で真ん中あたりだったのに、高学年に入ると一番前か二番目だった。だが、僕と同じぐらいチビの男子が小学校を卒業するまで一緒に背の順を競っていたので、そこだけは安堵《あんど》感があった。今でも思うのだが、身長が一八〇センチ程度あれば、顔が「残念」でも男女ともにモテる自信があるし、満員電車で押しつぶされて窒息死しそうになることもない。おじさんたちの臭い吐息や体臭を吸わなくてもいいし、高いものだって簡単に取れるし、モデルになっていたかもしれないし、人生がまた違っていただろう。まあ、年をとったときや介護が必要になったときには、チビの方が違う意味で喜ばれるだろうけど。

強くなるために

僕は、とにかく昔は強くなりたかった。強いという意味には、身体面、精神面といろいろあると思うが、僕の場合、女性らしい体や弱いと思われることがすごく嫌だった。だから中学時代、地元から少し離れたボクシングジムにチャリで通い始めた。

戸籍上は女子のため、女としての入門になってしまったが、僕にとって男女別の縛りよりも、戦う技術や精神面の強化をしたかった。練習自体はきつかったが、徐々に筋肉がついていくこと、きついトレーニングをすることで、日々のストレス発散や現実逃避にもなった。

しかし、現実問題として長距離を放課後に通い続けることや、レッスン費用等のことを考えると長くは続かず、半年もたたないうちにやめてしまった。

また、女子の中で練習をすることや、女子として扱われることもやめる要因のひとつだった。

Ⅲ　僕の歩く道

一球入魂

僕は中学校の頃、ソフトテニスに力を入れていた。部活内でトーナメント戦が定期的に行われ、強い順にペアを組まされて部員の中で順位をつけられた。試合にも強い人が出られる。僕はダブルスでは後衛だった。視野が広く考える時間もあるため、チビの僕には向いているポジションだった。

僕の年には十二名がテニス部に入部した。入部当初の試合ではスコートだったためすごく嫌悪感があったが、幸いにもボーイッシュなメンバーが多く、先生に直談判《じかだんぱん》し、ズボンの許可が出た。部活をしている時が僕の唯一の生きがいだった。朝練や放課後にも部活があり、中学校時代は勉強というよりテニス一色だった。努力していたおかげもあり、部内でも強さはいつも上位に入っていた。そして僕は副キャプテンもしていた。投票というより立候補に近い形であり、最終的には自分で立候補してなった気がする。

下校時間には松任谷由実の「やさしさに包まれたなら」が校内外に流れた。前にもちょっと触れたが、当時僕にはTちゃんという気になっている子がいた。Tちゃんは卓球部で、僕は毎日のように下校時間に出くわした。Tちゃんが帰るところがテニスコートから見えるのも嬉しかった。

テニスコートは学校の敷地外にあるものの、通学路の隣にあるため、下校している学生が見える。僕とTちゃんは仲がよく、Tちゃんがふらっとテニスをしている僕を見に来てくれるだけでドキドキした。

また、中学一年の時には大好きだった先輩もいた。恋多き僕には好きな人がたくさんいて、自分の性別については恋に没頭するあまり忘れてしまうこともあったくらいだ。ただ一歩踏み込んだ恋愛となると、嫌でも自分の性について思い知らされるし、学校生活の中でも男女で分かれて行動することが多いため、必然的に女子グループに入るか孤立するかの選択しかなかった。

臆病者の僕にとって、居場所もなく、一人になることが何より怖かった。あと、他人の評価を過剰に気にしてしまう性格であり、「孤立してしまった可哀想な人」、または「変わった子」として見られることが嫌だった。

男子たちと好きな女子の話をしたかったし、放課後にたむろったり、ちょっとワルなことをしたかったと今でも思う。

燃え尽き症候群

中三になり、県大会が終わると同時に高校入試対策に向けて部活を引退し、僕のテニス魂に終止符が打たれた。部活で会っていたメンバーともクラスが違えば顔を合わすこともなくなり、勉強の日々だった。勉強は得意ではなかったし、今まで部活があったからこそ自分自身のことに目を背けて生活できていた部分があったのだが、部活が終わったことで、一気に自分の中でジェンダーのことを考える時間が増えていった。毎日現実逃避をしたかったが、それを学校も親も許してはくれなかった。親の期待や担任からのプレッシャーに耐えきれず、よくプチ家出（明け方まで自転車で目的もなくひたすら旅をしていた）をしていた。

部活を卒業してからは居場所も全くなくなり、かなりの頻度で死ぬ方法を検索したり、全てにおいてネガティブな思考だった。

自分らしくいられない抑圧された日常生活から逃げ出したかった。自分の体が嫌だった。女性として扱われることが嫌だった。女性の役割を果たさなきゃと、必死な自分も嫌だった。

でも、お金もない、情報もない、頼る人もいない僕にとっては孤独と死との闘いだった。

心霊ウォッチ

小さい頃から霊感があったようで、僕は他の人には見えない何かと、よく話をしていたらしい。そして霊が自分に触れていると、感覚でわかることがある。

実家の一室には、誰もいないのに誰かに見られているような気配を感じる場所があった。霊感がある親戚の人が来た時も、ここの部屋には何かいると言っていた。今でも実家に帰ると、そこの部屋には何か違和感を覚える。

また、中学時代の修学旅行で沖縄に行った時に、霊に取りつかれたことがある。

沖縄から帰ってきてから、寝ている時に兵隊にじっと見られていたりすることが毎日のようにあった。僕に話しかけるわけでもなく、部屋の隅からただこっちをじっと見ていた。僕は、怖いという気持ちよりは、どうしたんだろうと心配な気持ちでいっぱいだった。

不思議なことに、その兵士の死ぬ前までのライフヒストリーの夢を見たり、沖縄での戦争の様子を夢で見ることもあった。ある日、おかんにこの出来事を話すと、青ざめた様子でお祓《はら》いできる場所を探し始めた。

岡山市内にある除霊をしているお寺に行った。住職は僕を見るなり、

「肩や背中にいっぱい霊がついていますね」とぼそっと言った。「肩が重いでしょ」とか「よく誰かを助けてあげたいとか思うでしょ」と聞かれた。

除霊はすぐ終わった。そして除霊後自然と全身が軽くなった気がした。住職に、「水子の霊や戦争で死んだ霊などいろいろな霊が取りついていました。水死した悪霊もいて、水辺に行っていたら水の中に引きずりこまれて死んでいたかもしれません」と言われた。

僕はぞっとした。確かに水辺に行くと自然と死にたい気持ちが強くなっていたし、沖縄から帰って以来、全身のだる重い感じが続いていた。

また、もともと正義感や優しさも人一倍強かったため、困っている人がいると助けてあげたいとか、道端で死んでいる動物を見ると可哀想と思ってしまうことが多かった。しかしそう思うことで余計に霊がつきやすくなると住職に教えてもらった。

そして住職は「身代わり守り」を僕にくれた。首にかけておくだけで霊を防御できるらしい。宗教じみたことは疑ってしまう方だったが、半信半疑に中学時代はつけていた。

除霊以来、霊を見ることはほとんどなくなったのだが、感覚的なもので霊がいるかどうかがわかるようになった。霊が僕の肌を触っていると、体の触れている一部が冷たく感じた。それに伴って、あっ、誰かが僕を触っているなと霊の存在を察していた。

だが、昔から怖いという気持ちはなぜかなかった。

僕とおかんとちょこっとおとん

僕がすごく好きだったことは、家族とのお出かけである。

外食やショッピングなど、かなりの頻度で家族と一緒に行動していた。恥ずかしい話だが、僕は小学校に上がってもちょくちょく両親が寝ている布団に潜り込んで寝ていた。夜になり、自分が一般的な男女二元制に当てはまらないことや将来のことを考えると怖くなってくるからだ。

食事も家族で同じ時間に食べることが多かった。だが、浅沼家は一つのものを皆で一緒につつきながら食べるという習慣がなく（おじいちゃんもおとんも偏食であり、誰かに合わせるという概念はなかったからだ）、おかんは個別に夕食を作っていた。それを思うと、おかんはとても苦労人だと思う。

僕とおかんの仲は兄弟みたいなもので、近すぎると大きな喧嘩《けんか》に発展するが、遠すぎると近くに歩み寄りたいような感じだった。

思春期には、おかんとよく喧嘩をした。何の内容だったかわからないが、自分の部屋から出られないように閉じ込められたこともある。今の僕の性格を知っている人には想像できないかもしれないが、僕は一度キレたら手のつけようがないぐらい暴れまわる子供だった。だから家に来たことがある人ならわかると思うが、僕の部屋には壁に大きな穴が何カ所かあいているし、ドアは壊れており、現在は可愛いテープで修理されている。

以前、おかんに自分の部屋に閉じ込められた時（鍵を外から掛けても内側から開けられる方法を知っていたため、本格的に外側から紐で、どうあがいても出られないようにされていた）、僕はなんとか逃げようと二階の窓から瓦屋根に出て、雨どいを伝い降りたことがある。他にも、瓦屋根のギリギリのラインまで行き、恐る恐る飛び降りたこともあるが、よく骨折しなかったと今では笑い話である。

親の言うことを聞かないやんちゃだった僕に、おかんはすごく頭を悩まされたと思う。

おとんはとにかくおもろい

僕のおとんは自慢ではないが、高田純次並みに適当で面白い。おとんに会った友人たちも口をそろえて、「顔はイケメンだが、ちょっと変わってて面白いね」と言われる。

まず、僕は生まれて現在までおとんの友人に会ったこともないし、話を聞いたこともほとんどない。休日は家でほとんど昼寝をしているし、仕事から帰ってきてもビールを飲んで寝ていることが多い。人の感情を察することや空気を読む行動ができないし、ほとんどのことが適当で会話もかみ合わないことが多い。

顔は一般的にはイケメンの部類に入るとは思うが、とりあえず変人であり、そこら辺のお笑い芸人より面白いことは間違いない。どんなにどんよりした空気も、おとんの一言で変わり、楽しくなる。そういえば、実家に帰った日に前歯が一本しかなかった時があった。

また、動物愛はすごく、おとんがいるだけで、ほとんどの動物はおとんに寄っていき懐くことが多い。そして魚が好きで、魚を見ただけで名前が言えることは才能だと思うし、家族を養うために、定年まで何があっても休まずに仕事へ行っていた部分はとても尊敬している。

Ⅳ　一つの希望

女子サッカー部

頭が悪く、偏差値もよくなかったため、僕は中三の頃は地元の塾に通っていた。そして地元にある高校を受験し、見事に受かり入学した。

高校までは自転車をこいで橋を渡り約四十分ぐらいかかる。とても遠いが、三十分に一本程度しか来ない電車を駅で待つよりは僕の中ではましだった。

高校でもジェンダー別に制服があった。僕は女性用の学生服を渡された。もちろんスカートであったが、嫌悪感がありつつも反抗する手段や勇気はもはやなかった。

高校でも女性としてふるまった。というか、自分自身が何者かわからない僕にとっては何で女性として扱われるのが嫌なのかを説明することすら難しいし、単に自分のわがままで決められた服を着ることが嫌だと思われるのも嫌だった。

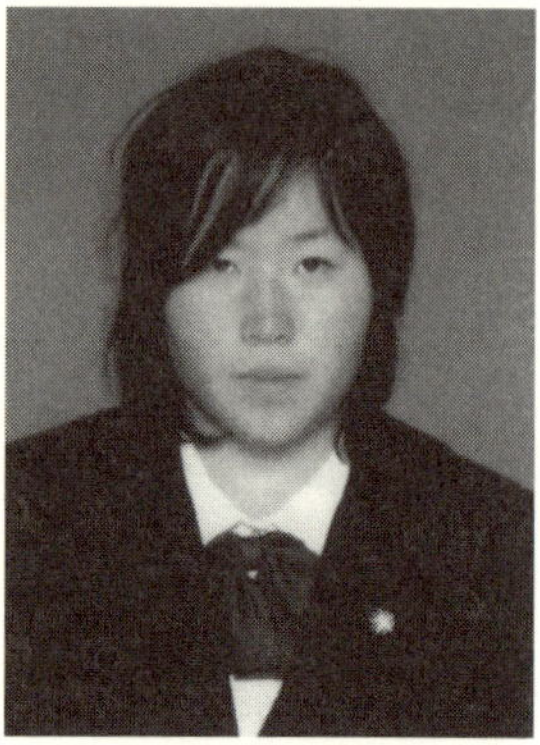

高校生の頃

高校に進学してからはサッカー部に入った。サッカー部が魅力で高校を選んだ部分もある。体は女性のため、もちろん男子サッカー部には入れず女子サッカー部に入った。女子サッカー部があるのも地元の高校ではここだけだった。

そういえば、男子中学生と練習試合をした時の悔しさは今でも覚えている。男女で体力の差があるのはわかるが、男子中学生と試合をすることは高校生である僕のプライドが傷ついたし、自分自身が女子であることを再認識される要因にもなったからだ。

練習は厳しく、朝練や放課後練習、休日は試合と、高校に入ってもスポーツに打ち込んだ。サッカー部だからという理由で、家族や友人や他者から、女性らしくしていなくても許してもらえる部分があった。

だが、女子の中でサッカーを続けることに嫌気がさした僕は、高校二年生で部活をやめ帰宅部になった。

高校時代の困難なこと

当時、高校時代の皆の最大の関心事といえば、恋愛だ。このあとに書くが、僕も三年間一途に、ある女子を思い続けていた。

しかし、恋愛話ができないことで変に思われたり、群れを作って行動していた女子グループから仲間外れにされたり、孤立することがすごく嫌だった。そのため、好きでもない同じ学校の男子と付き合ったこともある。

彼は草食系だったからか、手をつなぐ以上のことに発展することもなく有り難かった。あと、どうしても友達に女性が好きだと怪しまれることは避けたかった。気持ち悪いとか言われたくなかったし、疑似恋愛をして女性らしくふるまうことで、なぜかいじめは軽減する気がしていたからだ。

だが、無理やり相手をでっちあげて、好きでもない男子と付き合うことは苦痛でしかなく、やはり長くは続かなかった。

相手から女として見られるのが耐えられなかったし、女性として振る舞っていた自分が本気で嫌だった。

高校生活でちょっとスレてみた

部活を辞めてから少しやんちゃぶってみた。安全ピンで授業中や休憩中に耳に穴をあけてみたり、髪の毛を染めて茶色や赤っぽい色にしたりしていた。両耳のピアスは拡張を行い0Gまでになり、軟骨にも穴をあけていた。もはやどこを目指していたのか分からないけど（笑）。

高校三年生で原付きの免許を取りにいった。本当は校則違反なのだが、ひそかに原チャで通学していることもあった。なるべく制服を着たくなかったし、制服を着た姿を誰かに見られるのも嫌だった。だから、通学時はスウェットを着て、近くのスーパーで着替えて学校に登校したこともあった。

高校二年生でバイトを始めた。稼いで親を少しでも楽にさせたかったし、当時どこにも自分の居場所がなかったし、少しでも自分自身について考える暇な時間がないようにしたかったからだ。

バイトは禁止の学校だったが、学校の近くにあった寿司屋で働いた。寿司が大好きで、まかないで寿司が食べられることが選んだ決め手だった。あそこの炙《あぶ》りサーモンは絶品で美味かった。

あとは、新聞配達のバイトも始めた。早朝三時前に起きて事務所に行き、バイクを借りて、百軒ほどの家に個々で契約している新聞（スポーツ新聞、朝日新聞、毎日新聞等）を郵便ポストに入れていく。冬は真っ暗で、凍死しそうなほど寒かったのを今でも覚えている。また、バイクのかごに百軒分の新聞を入れて走るためとても重く、方向転換時にハンドルをとられそうになることが多く、よろけて転倒したこともある。店長はヤクザみたいな風貌で口調も荒々しく、ちょっと怖かった。

どちらのバイトもちょうど一年ぐらい働いてやめた。僕が借りていたバイクは新聞を配達中に転ぶことが多く傷だらけになり、ミラーも取れかけるぐらいボロボロになっていたが、なんとか自力で修理し、無事文句も言われず返却した。

天使の巫女《みこ》バイト

高校二年生の冬休みの間、友人とともに僕は神社で短期バイトをした。時給もよく、年末年始はカウントダウンやら初詣でで人が多く訪れるため、神社でもいろいろなジャンルのバイト募集があった。僕は警備をしたかったのだが、女性はダメだと頑なに断られた。ただ、どれも時給が高く儲け時だったので、友人に誘われ、一緒に巫女のバイトをした。参拝しにきた人たちにお札やお守りを売るという簡単な仕事だった。

女性服に女性オンリーの特殊な空間で、なんとも言えない気持ちにはなったが、化粧をして出勤しろとか女らしくしろとは言わない神主だったので、初体験として楽しかった。除夜の鐘が鳴りカウントダウンに近づくと、神社の前に人がわんさか増えた。人の話し声や足音でよくわからなかったのだが、いつの間にか年を越していた。友人やバイト仲間とともに巫女姿で新年の挨拶を交わした。この時の写真がないのがすごく残念だが、結構似合っていた気がするし、人生においてきっと一度きりの貴重な体験だと思う。

誰にも怪しまれないように

高校に進学してから、体の違和感はさらに増した。

その違和感を減らすために、わざと中学校の頃に使用していたサイズの小さいブラを使用して胸を潰した。サイズダウンすることで胸の成長を止めるきっかけにもなると思ったからだ。中学校の頃はガムテープで胸をつぶしていたが、定期的に女性用下着の洗濯物が出ていないことをおかんが怪しんでいたため、ブラを使用せざるを得なかった。どうしても男性用の下着がよかったので、家族の目を盗んではおとんのトランクスをはいたこともあった。

男子からのいじめも相変わらず続いたが、仲の良い女子たちになかなか相談もできず、家にも学校にも居場所がなかったため、次第に保健室に行くようになった。

保健室の先生は二人いて、若い女性とおばさんがいた。おばさんは口うるさく、授業に出ろだの教室に戻れだのと言うことが多かったのだが、若い先生は何も言わず、保健室でぼーっとしたり、寝ていたりする僕をそっと見守ってくれていた。

若い先生（今後K先生と呼ぶ）はよく僕のことを心配してくれた。保健室に制服で登校しないこともたびたびあったし、頑張って教室に行ってみたものの居心地が悪くて、何かと具合が悪いと言っては保健室に逃げ込んでいた。

保健室は高校時代の唯一の救いの場であり、少しだけ落ち着けた。なかなか感情を出すことや本音を話すことはできなかったが、大人がそばで気にかけてくれたり、見守ってくれていること、それだけでも嬉しかった。

思春期ということもあり、親とは毎日喧嘩をしていたし、わかり合えない日々が続いていた。誰にもジェンダーでの葛藤や体の嫌悪感を話すことができず、家でも居場所がないこと、学校でのいじめ、女子グループに所属し社会において女を演じなければいけないことに心身ともに疲弊していた。

小さい頃からだが、僕はどんなに悲しくても泣くことはなかった。泣くことで今まで耐えてきた心にある何かが破裂しそうだったからだ。だからどんなに悔しくても悲しくても惨めでも、歯を食いしばり耐えた。そうした行動を繰り返すことで、次第に誰かを頼るということや甘えるということがわからなくなり、他者の評価や顔色ばかり気にするような高校生になっていた。

ある日、僕は何もかも嫌になり、心の中にあった何かが壊れ、保健室で泣き崩れた。偽りのもとで生きていかなければいけないこと、自分の体への嫌悪感は増すばかりなのに、そのことを周囲に話せないことなどを考えていると、どんどん涙が溢れてきた。

突然のことにびっくりしていたK先生だったが、親身に僕の話を聞いてくれた。男女別に分けられ常に女性のポジションでいなければならないこと、自分の体に違和感があることと、いじめに遭っていたこと、偽ってでも仲間外れにされたくないため女子のグループに所属しなければいけないこと、好きな人ができても告白すらできないこと、頭の中で整理ができずに、ただ自分の思いを話し続けた。

K先生は僕を拒否するわけでも奇異な目で見るわけでもなく、僕の話をただ黙って聞いてくれた。

そして、僕が頭や心にある思いを話し終えると、K先生は、

「今までつらかったんだね」

と僕に言ってくれた。

その言葉だけで僕は再度涙が止まらなくなった。この世界中で誰にも理解されることもなければ孤独感しかなかった僕のことを、初めて受け入れてくれたからだ。本当の自分を

押し殺してしか生きられないことが本当につらかった。もし、K先生に話して拒絶されていたら、死んでいたと思う。だって、この世に僕が存在することを社会は認めてくれなかったからだ。

常に人目を気にしながら、胸をはって歩くこともできず、ただ体に違和感があることを押し殺して、孤独とともに戦っていた。

いつも笑っているようで心は泣いていた。何で僕ばっかり、いつもそう思っていた。大人に自分の気持ちを分かってもらい受け止めてもらえたことが、僕の人生の中ではすごく大きな出来事であった。

その日はとりあえず泣くだけ泣いて、授業には出ずに家に帰った。

次の日、K先生は僕の頭の中のもやもやや、心の思いを整理してくれて、いろいろと調べてくれた。心理的な勉強もしていた先生であったため、容易に性同一性障害(GID)という言葉を見つけ出してくれた。そして性同一性障害の特例法や概念についての資料を僕にくれた。

概念を見ると僕の症状にしっくりくるし、自分自身の中でも、障害という言葉以外は抵抗はあまりなく、ストンと受け入れられた。

また、治療ができること、戸籍を変更できることを知り、絶望しかなかった僕の人生に生きる希望が湧いてきたのを今でも覚えている。

これが本当の女子的生活

高校時代は化粧をすることもあった。親に不審がられないように、学校生活で男子のいじめがヒートアップしないように、親戚や近所の人に奇異な目で見られたり噂をされたりしないように、女の子を演じようと懸命に頑張っていた。

また、自分自身が女であることを受け入れれば、体の違和感も治まるのではないかと思ったのだ。

ナチュラルな女子高生を演じる自分を客観視し、全部ギャグだと思えば自然と我慢もできた。

テレビ番組や雑誌では、女性だけではなく男性でも化粧をしている人がいるから、何の問題もない、大丈夫だと自分に言い聞かせていた。そうでもしないと僕の精神は崩壊してしまいそうだったからだ。

JKおじさんとかけひき

高校の頃、仲のよかった友人が、おじさんと援助交際をしていた。

僕は最初は、話を聞くだけでまったく興味はなかったが、お金がたくさんもらえること、体を触られるのは嫌だけど男性と向き合い逃げ場のない訓練を強制的にして自分自身を追い込むことで、体への違和感を治そうと試みたことがあった。

そうすることで、親、親戚、同級生、友人等周囲の人達が僕を奇異な目で見ることがなくなるのではないか。親は女性の振る舞いを心身ともにすることで喜ぶのではないかと考えた。だから、僕は援助交際をしようと思った。

岡山市内にある、当時有名だった、援助交際の相手を見つけるスポットに行ってみた。長髪のウィッグをかぶり、化粧をして、可愛い子ぶった感じでしばらく待っていると、気持ち悪い不潔そうなおじさんが声をかけてきた。

「あのーすいません。君可愛いね。イチゴでどう」と。

心の中でうげっと思いながらも、感情を抑え対応をした。イチゴというのは果物ではなく、一時間一万五千円でどうかという意味だ。

僕にも選ぶ権利はあるので率直に断り、その場を離れたのだがずっとついてきた。うげげと再度心の中で思いながら僕は早歩きをして撒いた。後ろを振り返るといなくなっていたため安堵感に浸っていたら、なんと先回りをして前方にいた。どうやら僕のことがすごくタイプらしい。まっ、一時間耐えて一万五千円もらえるならと思い、交渉成立させてみた。

このままホテルへ行くと思いきや、なんと自宅に連れて行こうとされたため、全力で拒否を行い、ホテルへ。

年齢を伝えた上での行為なのでおじさんも相当変態だなと思いながら、服を脱ぎかけた瞬間、おじさんの方を見ると鼻息を立てながらこっちを見ている。余計気持ち悪さが増し、やがて本当に気分が悪くなってきた。しかし、「諭吉」と女性になることを考え、その時は気持ちを押し殺した。

お互い裸になって、いざ体を綺麗にすべくシャワーへと思っていたのだが、いきなり胸を触り始めてきた。距離が近くなると息が臭く、バイオテロに遭った気分だった。僕は少しの間おっぱいを揉《も》まれたり、乳首を吸われたりすることに耐えたのだが、自分の体を触られることも、おじさんの吐息も嫌で仕方なかった。

「もう無理、限界」と思い、おじさんをシャワーに誘導、僕はトイレに行くふりをして荷物を持って逃げ出した。途中で行為をやめたことは申し訳なく思うが、死にたいほど耐えがたい現実だった。その一回だけだが、僕の女子強制訓練は幕を閉じた。

諦めずに女演じます

高校時代にネットで知り合った三十歳の男性と馬が合ったため、お付き合いをしてみることにした。その人は刺青《タトゥー》が入っており、ちょっと強面《こわもて》な感じだったが、見た目とは裏腹に優しかった。自分の家は絶対に教えなかったが、その人は車を持っており、学校が終わった時など迎えに来てくれたりしていた。

学校も家も嫌だった僕は保健室に登校していることが多く、そこが唯一の居場所だった。しかし、学校が終われば自然とまた自分の居場所がなくなることが怖かった。そんな時にとても助かる存在だった。

だが、すぐに体の関係を求めてきた。断れば一旦は引くのだが、次の日になればまた求めてくる。そのことがすごく嫌だった。いろんなところにはドライブに連れていってくれるが彼の家には絶対行かなかった。性的なことを求められるたびに、いつか襲われるんじゃないかと怖くなったからだ。

ある時、「家での飲み会があるから来ないか。君のことを紹介したい」と言われた。どんな人が来るのか聞くと、全員男性で、しかも六人ぐらいと言うではないか。体が女性でなければ喜んで飛び込むところではあるが、体が女性である僕にとっては恐怖でしかなく、丁重に断った。

性的な要求に一回でも耐えて応《こた》えればきっと心の僕も諦める可能性があったと思うが、やはり僕には感情を抑えて行動することが難しく、自然消滅への道に誘導し幕を閉じた。

儚《はかな》い恋が到来

僕は恋多き奴だ。一年通して大概好きな人がいる。学校だって好きな人に会いに行っていたようなものだ。

高校一年の春、僕は恋をしていた。クラスも違い接点もなかったにもかかわらず、なぜ好きになったのかはイマイチ覚えてはいないが、気づけば彼女のことばかり考えていたし、心の底から何か熱くなるような感情があった。

目鼻立ちがしっかりとしている、まるでモデルのような女性だった。

しかし、僕は誰がどこからどう見ても女性であり、男女二元制が根強いこの学校、いや、社会において、告白すらする勇気はなかった。自分自身に自信もなかったし、好きであることを拒否されること、学校中の噂になるかもしれないことが何より怖かった。

あと、見た目が女性であることがかなりコンプレックスだった。かといって男性として振る舞い、人と違うことでいじめがヒートアップすることだけは避けたかった。

僕は高校一年の頃から彼女をずっと見ていた。一年、二年とクラスは違ったが、休憩時間に用事もないのに彼女のクラスに行ったりすることもたびたびあった。僕はここにいるぞ、というアピール的な（笑）。

でもなかなか良いアピールもできず、高一、高二の間は名前を覚えてもらうことすらできずにいた。毎年、職員室前あたりの掲示板にクラス編成の紙が貼られる。各クラス順に名前が書いてあるのだが、その彼女、Aちゃんと一緒のクラスになることを毎回期待していた。

高校三年生のクラス替えの時、なんとAちゃんと僕の名前が一緒のクラスに書いてあった。

僕は嬉しくて思わずガッツポーズをした。クラスが一緒になったのをいいことに、自己紹介をさっそくした。緊張したが、ちゃんとできた。だが、下の名前は言いたくなくて、「一緒のクラスになった浅沼です」としか言わなかった。Aちゃんも「よろしくね」と僕に微笑《ほほえ》んでくれたが、可愛すぎて、キュン死にするかと思った。

僕は何かと用もないのにAちゃんに話しかけた。Aちゃんと仲良くなるにつれて、Aちゃんの性格や趣味などいろいろとわかってきた。

高校時代、昼食は各自お弁当をもってきてお昼休みに食べた。僕自身、腹減りだったこともあり、午前の授業中にこっそりと机の中に弁当をしのばせて早弁をしたこともある。おかんが基本的には作ってくれていたが、喧嘩をした日なんかは自分自身で白米に梅干し一個だけの日の丸弁当を作った時もあった。

だが、Aちゃんと一緒のクラスになってからは、Aちゃんとお昼ご飯を一緒に食べようと必死だった。そして弁当の中身にもこだわっていた。Aちゃんの好みのおかずがあったら中身を交換したかったし、みすぼらしい弁当だけは避けたかった。

僕には仲の良い女子が何人かいたのだが、その人たちをうまく誘導してAちゃんとご飯を共に食べることに成功した。最初は緊張して、一緒に弁当を食べる時にもなかなか顔を見ることができず、むしろ話しかけられただけで顔が赤くなりドキドキした。

Aちゃんのことを知っていくたびに、距離が近くなっていくたびに、毎日学校に行くのが楽しくなった。保健室へ行くことも多かったが、Aちゃんの顔を見るために登校していたようなものだ。

しかし、Aちゃんには好きな男子がいた。優等生であり、身長も高く顔もそこそこよかった（僕評価だが）。

仲良くなるにつれて、彼女から恋愛の相談をされたことがあった。自分の気持ちを押し殺して応援しようと思った。見た目が女性の自分では到底叶わないし、気持ちが悪い、迷惑だなんて思われるのではないかと思っていたからだ。

彼女は本気で好きだったらしく、常にそのY君を目で追っていた。胸が苦しかったが、僕は耐えるしかなかった。

ある日の放課後、クラスに忘れ物を取りに帰るとAちゃんが一人でいた。声をかけようと近くに行くと泣いているのがわかった。僕はいとおしくなるのと、悔しさで抱きしめたくなった。ぐっとその気持ちをこらえて、Aちゃんに「どしたん？」と聞いてみた。

「ふられちゃった。あたしってそんなに魅力がないかな」

なんとAちゃんはY君に告白をして失恋したらしい。急なことすぎて動揺が隠せなかったが、ふられたことについては少しホッとした。この場面で男の僕だったら、

「俺にしなよ。絶対悲しませないし、幸せにするよ」

なんて言っていたんだろうなと思う。しかし、体が女性の僕にはそんな発言をする勇気はなく、ただ慰めて笑わせることしかできなかった。

その日は心配でAちゃんを家のそばまで送って帰った。帰り道ずっと泣いてはいたが、家に着く頃には僕の冗談で少し笑ってくれるぐらいにまで元気になっていて、僕は嬉しかった。

そして次の日、Aちゃんは僕に、

「昨日はありがとう。Y君のこと本気で好きだし、もう一回告白してみる」と言った。

正直、心が張り裂けそうなぐらいつらかったが、僕はAちゃんの幸せを願うことしかできなかった。

そして、いてもたってもいられず、Y君にAちゃんのことをどう思っているのか、告白

されたことを知っていることも話してみた。すると、友人たちといたY君は「なんとも思っていない」と僕に話した。

余計なおせっかいだとは思ったし、自分自身も、心も体もボロボロな状態ではあったが、Y君に、AちゃんがY君のことを本気で好きなことやAちゃんの良いところなどを話した。少しでもAちゃんに好意を抱いてもらいたかったし、これ以上僕がAちゃんを好きになれば、つら過ぎて精神崩壊してしまいそうだったからだ。

普段のAちゃんとの会話でもY君についての相談が多かった。しかし、いい人ぶっている自分や、体が女性である現実にも徐々にいら立ちが出てきて、Aちゃんに「好きにすればええんじゃね」と冷たい発言をしてしまった。

その時Aちゃんは、とても悲しそうな表情をし、それきり僕にあまり話しかけてこなくなった。徐々にAちゃんとの距離が広がっていき、隣同士で食べていた昼食も、友人を挟んでか、違うグループで食べるようになっていった。

そんな関係がつらくなった僕は、ある日放課後に勇気を振り絞ってAちゃんを呼び出した。そしてAちゃんに、

「この間はごめん。実はAちゃんのことが昔から気になってて。……ってよくわかんないよね。自分でもよくわかんないんだけど、Aちゃんのことが好きじゃわ。Y君のことばかり話されるとなんていうか、ちょっと嫉妬してしまうし悲しい気持ちになる」

と震えながらだが、思い切って話してみた。緊張しすぎて、もはや脈絡のない話までずっとしゃべっていた気がする。そしてAちゃんの返答が怖く、なるべく間をあけたくない思いもあり、ひたすらしゃべり続けた。するとAちゃんから、

「急にびっくりした。えっ。友達としてだよね？」と言われた。

正直返答に困ったが、ここはもう正直に言っちゃえと思い、

「ずっと前から友達としてではなく、恋をしていた。僕は女性だけど、いや、なんかずっと男で。……って訳わかんないよな」と話した。

Aちゃんはしばらく黙っており、僕も気まずさと緊張で黙り込み、沈黙が続いた。

そして、Aちゃんが、

「ごめん。女の子は好きになれない。Y君が好きなの」とだけ僕に話した。

胸にぐっと来るものがあったが、押しこらえて、

「ごめんな。おかしいよな。自分でもそう思うし、これは忘れて」と言って走って逃げた。

正直怖かったし、自分自身が嫌で仕方なかった。

外見も男であれば、単なるフラれるだけで済んだかもしれない。しかし、身体が女性であることで余計にAちゃんを混乱させた上に、拒絶されたことが悲しくて仕方なかった。

家に帰って久しぶりに一人で号泣した。悲しくて、この体も嫌で仕方なかった。どうしようもない現実に、僕はカッターナイフを取り出し自分の体を傷つけるとともに壁を殴り

続けた。

朝起きてその日は保健室に直行した。Aちゃんと顔を合わせるのが嫌だったし、相手も僕に会いたくないだろうなと思った。

そして、しばらく月日がたち、Aちゃんが再度Y君に告白したことを仲の良い友人から聞いた。ショックだったが、Aちゃんが幸せになれるのならと心の中で傷ついている自分をなぐさめるしかなかった。僕には誰かを好きになる資格もないし、好きになっては相手を不幸にしてしまうと言い聞かせて、僕は自分の恋に終わりを告げた。


そうしているうちに、高校卒業の日が近づいてきた。ぎくしゃくした関係も嫌だったので、保健室の先生から「GID」という言葉・病気を聞いた僕は、Aちゃんにメールで、自認は男性であるが、なぜか女性の体になってしまったこと、そのような病気がありできることを伝えた。これが人生で二回目のカミングアウトだった。

卒業式の日、嫌いな女性用の学生服を着て登校。やっと着ぐるみを剥がせると思い、苦痛ながらに卒業式に出た。本当は出たくなかったが、保健室の養護教員に「一生に一回だよ。出た方が良い」と何回か背中を押されたことも出席した要因の一つだった。

その日に卒業アルバムが配布された。あまりいい思い出のない高校生活だったが、せっかくだし、最後の空白のページにいろんな人にメッセージを書いてもらった。誰かとコミユニケーションをとるのは苦手だったが、最後だと思うと耐えられたし、みんなが書いてもらっている中で〝ハミゴ〟にもされたくなかった。

僕は意を決してAちゃんのもとに行った。きっと告白してY君と付き合っているんだろうなと思っていたが、Aちゃんに聞くと、どうやらフラれていたらしい。心の中でこの恋を諦めていたが、その言葉をAちゃんから直接聞いてホッとした。

そして、卒アルの最後のページにAちゃんにもメッセージを書いてもらった。みんな、「ありがとう」とか「楽しかった」とかだったが、Aちゃんの書いた文章には、な、な、なんと「好き」と書いてあった。僕は動揺を隠せなかったし、目を疑った。

タイミングよくAちゃんと二人きりになることがあったため、恐る恐る文章の意味を聞いてみた。すると、

「書いたとおりだよ」って言われた。

「えっ。どういうこと？　友達として？」と僕の方から動揺を隠せず聞いてしまった。

すると、

「いつも私を気にかけてくれてありがとう。大好きだよ」

少し照れながら言われた。まさか、自分が三年間思いを寄せていた人に好きと言われるなんて、夢にも思っていなかった。

再度Aちゃんに、

「Y君はもうええん？　急にどうしたん？　俺、女やで」と何も考えずにただひたすら自分の思いを言った。最後にAちゃんから、

「男だろうが女だろうがあなたが好きだよ。付き合おう」と言われた。僕は嬉しくて涙が出てきた。

そして、勢いでキスをした。僕の最初にできた彼女であり、良き理解者であった。

恋の嵐

三年越しに結ばれたのは良かったが、時はすでに遅し、県外の学校に行くことが決まっていた僕は、Aちゃんと遠距離恋愛になってしまった。

なので、高校を卒業して、短大へ入学までの間はほとんど一緒の時を過ごした。よくお互いの家に泊まりに行っていたのだが、Aちゃん家に泊まりに行き、一緒の布団で寝ていて、母親が急に部屋に入ってきた時は、二人とも慌てて布団から出たこともあった。

付き合っていたことは誰にもカミングアウトしていなかったが、向こうの両親も気づいていたのか、初めは泊まりに行くたびに僕の布団も敷いてくれていたのだが、ある日から敷かれることはなくなり、Aちゃんの布団で暗黙的に一緒に寝ていた。

彼女には小学生の弟がいたのだが、僕のことをとても慕ってくれており、よくサッカー

をして一緒に遊んだ。太っちょの犬も飼っていて、僕にすごく懐いてくれて、Aちゃんとその犬とお散歩にも出かけた。

ひそかにだが、二人で卒業旅行にも行った。選んだのは温泉だった。僕もAちゃんもすごく温泉が好きだったから、少し遠出をして一泊二日で旅行に出かけた。

男女別の温泉は嫌だったので貸し切り風呂にした。普段は地元でデートすることが多く、知り合いにも会う可能性が高いため、手を繋ぐことやいちゃいちゃはできなかったので、誰も僕たちのことを知らない土地に行くことに僕はワクワクが止まらなかった。

温泉地に着いて手を繋いだ。周囲の目が気になったが、初めて外で手を繋いだこともあり、嬉しくてたまらなかった。誰も僕たちを知らない土地で僕はついつい開放的になり、今までの抑えていた思いがバッと一気に出てきた。浴衣は男性用だとサイズが大きく、断念せざるを得なかったが、かといって女性用は嫌だったのであえてキッズ用を選んだ。

手を繋ぎ、温泉街を二人でブラブラした。たまにすれ違う人に「あれってレズ？　女だよね？　声が高いし、顔も女じゃん」なんてこそこそ言われることもあり、Aちゃんに申し訳ない気持ちになり手を離そうとしたが、Aちゃんは強くぎゅっと僕の手を握り離してくれなかった。そう思うと、いつも僕の方がAちゃんより人目を気にしながらビクビク行動していた気がする。

Aちゃんはメンタルがとても強かった。誰に何を言われても、いつも、「私はレズビアンではないし、男性としてのあなたが好きだよ」と僕に言ってくれた。

自分に自信がなかった僕にとって魔法の言葉だったし、いつも勇気づけられた。見た目が女性であること、女性として振る舞わなくてはならない苦痛から、男性として扱ってくれる人が現れただけで心が救われた気持ちになった。

また、付き合ったのはいいものの、自分の体を見せることに最初はすごく抵抗があった。そのため、一緒にお風呂に入る時なども服を着て入ったこともあった。

しかし、自分の気持ちとは裏腹に、Aちゃんはありのままのあなたが好きと言ってくれた。僕が自分の裸を見せたのもAちゃんが初めてだった。

ラブホテルへようこそ

ラブホテルという大人の世界にデビューをしたのもAちゃんと付き合いだしてからだ。バイトで貯めたお金で、初めて岡山市内にあるラブホテル街に行った。

そこには、きらびやかなネオンがたくさんあり、エッチなホテルが立ち並んでいた。エッチなことをすることが許される場所があることを考えただけですごく興奮した。当時の僕にとってラブホテルは大人の世界だったし、そこに十九歳の僕が出入りすることは、同世代の他の人たちに勝ち誇った気持ちにもなった。

岡山にあるいろいろなラブホテルに二人で行った。幸いにも受付で断られたことはなく、スムーズに入れはしたが、入室前に誰かと出くわしたり、女性同士はダメと言われることを恐れ、受付のない、車を止めてそのままラブホテルの一室に直行できるところを好んで選んだ。

ラブホテルで一回、面白い事件があった。そこは車を駐めてそのままホテルの一室に入れるようになっているのだが、駐車後コンビニに寄ってからホテルに入ろうとしたら、その部屋が使用中の電光になっていた。おかしいなと思い駆け上がり、ドアをノックするも出てくる様子も反応もない。管理室に苦情の電話を入れたのだが、意味が通じなかったらしく、「3Pですか?」なんて言われた。

なんとか説明を行い管理人に来てもらい、鍵を開けた。すると、お盛ん中の男女二人がベッドにいるではありませんか。僕も彼女も管理人も興奮しながら声をかけると、ヤクザっぽい男性が裸で近寄ってきた。どうやら車が駐車されていたのは知っていたらしいが、人の気配がなかったので勝手に室内に入ったらしい。

彼らに出て行ってもらってから、管理人に「どうしますか? 使いますか?」と聞かれたが、人様がエッチをしたベッドでいちゃいちゃするのは嫌だったので断り、部屋を後にした。

そのあと、他人のエッチが目に焼き付いていた僕と彼女はお互い我慢しきれず、車の中でエッチをした。

交際して一年たち、Aちゃんの親友に僕たちが付き合っていることを打ち明けようと試みた。誰からも祝福されないのは嫌だし、ひそひそと付き合うのにも疲れてきたからだ。

しかし、Aちゃんの親友はAちゃんが打ち明けた後、一言、「理解できない」と言ったらしい。それを聞いて僕も落ち込んだが、Aちゃん自身もショックを受けていた。

そんなある日、ショッピングセンターでたまたまデート中にその親友の子と出くわした。僕たちと目が合った瞬間、その子が、この世の終わりかというような表情で、逃げるように店から出て行ったのを今でも覚えている。

高校時代からの同級生で女性だと思っていた奴が、急に男性ですなんて言って親友と付き合うなんて想像を絶すると思うし、否定されても仕方がないと思ってはいたが、行動と言葉を目の当たりにすると、ショックの衝撃はデカかった。

数週間、二人して落ち込んだ。そして、僕は彼女のために別れを決意した。

何年付き合っても、好き同士でも、僕たちの関係をお互いの両親には話せないし、彼女の女性としての幸せを考えた時、将来の保証もない、他人からも理解されず祝福もされないような関係が、いたたまれない気持ちになった。普通の男女だったら問題なく進む事柄なんかも、僕の体が女性であることによる障壁が大きく、これ以上、僕といることでAちゃんに悲しい思いや苦痛を味わってほしくなかった。

僕はAちゃんに、

「僕じゃ幸せにできない。ごめん」

とだけ伝え、別れを告げた。

わかったと言ってくれると予想していたのだが、想いとは裏腹に「行かないで」と泣きながら言い放ち、過呼吸になった彼女を見た時、さらに辛くなった。

彼女を突き放したこと、心も体も一致していれば彼女を悲しませずにすんだかもしれないことなど、いろんなことが頭をよぎった。だが感情が抑えきれなかった僕はAちゃんと別れられなかった。お互い好きでいるのに別れるなんて辛いし、やっぱりAちゃんを自分が幸せにしたい気持ちは変わらなかったからだ。

Aちゃんとはその後、半年付き合った。県外の学校に入学してからは、遠距離だったが毎日電話をしていたし、夏休みや冬休みなどになった時はずっと岡山に帰っていた。

おとんは僕が誰かと付き合っていることは知らなかったが、おかんは薄々気づいていたらしい。

しかし、Aちゃんとの別れは突然訪れた。お互いに依存していたことも別れる要因の一つではあったが、彼女が良き理解者であったため、頼りすぎて自然とAちゃんの重荷になっていたのだろう。

Aちゃんからメールで別れを告げられた。すぐに理解できなかった僕は泣き崩れ、彼女に鬼電をしたが、つながることはなかった。学校を休み岡山まで戻った。しかし、時すでに遅し、挽回の余地もなく「もう会えない」とだけ言われ、再度別れを告げられた。

僕の中で何かが壊れた瞬間でもあった。Aちゃんは僕が生きるうえでの中心部であり、心の支えでもあり、生きがいにすらなっていた。そんな彼女が今日からいないなんて考えただけでも気が狂いそうだった。だがそんな気持ちとは裏腹に、「もう会えないし友達の関係でもいられない」と言われた。

とても辛く、死にそうではあったが、現実を受け入れるしかなかった。

僕はしばらく魂の抜けた廃人のようになってしまった。彼女がいなくなり、携帯も鳴らなくなった。岡山に帰ると彼女を思い出してしまうため、最小限、おかんやおとんには言い訳をつけ帰らないようにした。

◆ちょっと一休みプチコラム◆

血に染まる夢見る少年になれない

十五歳の僕は毎日泣いていた。そして十五歳の頃からリストカットをしていた。小さい頃からずっと死にたいとは思っていた。死ぬことを考えるとなぜか気分が落ち着いた。しかし頭の中はなかなか図太く、まだ頑張れると自分で自分を洗脳していた。

心の僕と頭の僕がいつも葛藤をしていたのだが、頭の僕が勝つことが多かったし、リストカットという言葉はテレビで見て知ってはいたが、明るく面白い表面上のキャラ設定や他者評価をすごく気にしていた僕にとって、リストカットをすることは最初はタブーだった。

しかし、ある嫌なことがあった夜に、ちょうどカミソリが僕の目につく場所に置いてあった。自然と手にとった僕は、傷をも癒す思いでやってみた。

不思議と痛くない。誰にも言えない心の痛み。リストカットは生きたい証《あかし》だと聞いたことがあるが、僕にとっては違う。痛くない偽物の体をどこまで傷つければ痛みが出るのか知りたかった。でも、赤い血はダラダラと流れても、自然と痛さはどこまでもなかった。僕のリストカット習慣は十八歳まで続いた。いや、続けた。

一人っ子だし、誰にも相談できない悩みがたくさんあった。ほぼ毎日、顔を合わせればおかんと喧嘩をしていた。お互い声がでかく、近所中に喧嘩をする声が響いていたこともあった。喧嘩の内容は些細《ささい》なことだ。嫌だったのは、一人っ子だからこそ僕に偏り、何をするにも過保護にされることだった。

そして、好きな人にも告白できない辛さ。SNSで誰かと繋がることはできても、それはあくまで顔の見えないネット上であり、そこに友情があるのかと言われれば何も発生しない、ただの表面上の一時的なことである。寂しさを消せるわけではなく、SNSで繋がっている人に悩みを相談することもなかった。当時mixiをして友達を増やしたりもしたが、そこのグループ掲示板に入っても簡単に寂しさや孤独を消せることはなかった。

覚悟

僕は高校を卒業してから逃げるように親元を離れ、家を出た。そして県外に行き、すぐにジェンダークリニックへと行った。そして一年間カウンセリングに通い、性同一性障害と診断を受けた。

生きる希望が見えてきた。彼女もできた。一生一緒にいたいと思った。だけど、外見が女にしか見えない僕は彼女とデートをしている至福のときでさえ、いつも周囲にひそひそと僕達の話をされる。

「ほら見て。女子同士で手を繋いでるよ」

「あれって男の格好してるけど女じゃね？」

「女同士できもちわりいな。レズか」

僕たちに聞こえるような声で会話をしている人も多く、そのたびに僕は彼女に申し訳ない気持ちでいっぱいだった。

田舎ということもあり、一番苦労したのは周囲への説明だった。男女のカップルだったら付き合っていることを友人に話して祝福してもらえることも多いとは思うが、僕の場合は違った。

まず、性同一性障害であることを説明しなければならない。そして、次に彼女と付き合っていることを話す。彼女も僕も誰かに祝福してほしかった。彼女の仲の良い友人に意を決して話したが、良好な理解は得られなかった。

彼女にしても、彼氏の紹介や恋愛の相談も親や友人にできない。そんな彼女のことを考えると苦しくてたまらなかった。僕がちゃんとした男だったら、なんて考える日々も多くなった。

デートをしても、手を繋いでも、人目を気にしてしまう。トイレだって、一緒に入るのが嫌だった。かといって、ノンホルモンでボーイッシュな自分が男子トイレに入る勇気は当時なかった。

初めてできた彼女と別れて、しばらく時がたって気づいたことだが、ジェンダーや周囲の反応にとらわれ過ぎていたのは、彼女ではなく僕の方だったと思う。彼女は僕に、

「私はあなたといることで不幸に思ったことはない。周りがどう言おうと私はあなたが好き」と言った。

その時に、僕自身が周囲の評価を必要以上に気にしていたことに気づいた。

V　ステップアップ

中性的生活

いざカウンセリングへ。

十八歳で家を出て寮生活を始めてから、僕はジェンダークリニックをネットで調べた。何件かヒットし、電話をかけてみたがどこも予約待ち患者が多く、早くて三か月以降だと言われた。早く自分自身についての何かヒントや解決策がほしかったが、辛抱強く待つしかなかった。

三か月後、某クリニックに行った。そこで家族構成や幼少期の頃のこと、成育歴を聞かれた。そして、その日に性同一性障害（ＧＩＤ）だと診断された。僕の中ですーっと何か心の中にあった重いものが消えていったのを今でも覚えている。

しかし、一日で判断されたことに少し拍子抜けしてしまった僕は、後日、再度違うジェンダークリニックに予約を入れた。

そこのクリニックでも家族構成であったり、幼少期の頃の話を先生から聞かれた。また、心理的な検査や染色体等の採血も行った。一か月に一回程度通い、最後に自分史というものを記入し提出。ＧＩＤと正式に診断された。

よく物心ついた時から自分は逆の性別だったと話す人が周囲には多いが、僕は自分が男だと思ったのは第二次性徴期あたりだと思う。僕はクリニックの帰り道、嬉しくて、当時付き合っていた彼女に泣きながら電話をした。彼女も自分のことのように喜んでくれた。

そして、治療に進むことを選んだ。しかし、手術をスムーズに行うためには大きな病院に通うしかないとクリニックの医師から言われた。僕は地元にある岡山大学病院に通い直すことを決めた。

岡山大学病院は、ＧＩＤに対しての治療を積極的にしていたところだ。岡山にいたにもかかわらず、僕が岡山大学病院でのＧＩＤに対する取り組みを知ったのは県外に出てからだった。あんなに思春期に悩んでいたのに、こんなに近いところにＧＩＤについて対応している病院があったなんて衝撃的だった。

僕は十九歳になり、奈良の学校に通いながら岡山大学病院の精神科に月一回ペースで通い始めた。そこの先生に親の理解がないことを話したら、次回受診時に親を連れてくるようにと言われた。僕自身、最初の診断が下りた時に、親には手紙でカミングアウトをしていたが、当時は返信が返ってこなかったことや、妙に避けられていたことがあったため、嘘をついて病院へと連れ出した。

おかんは僕が精神科に通っていたことに驚きを隠せない様子で、今まで見たことのない表情をしていた。まあ、理由も話さず急に精神科に同行させられたら誰でも嫌だし、びっくりするとは思う。僕も騙《だま》して連れてきたことに対し罪悪感があった。

おかんと診察を待つ時間はとても長く感じた。僕は嘘をついた罪悪感と、先生からGIDについての話を聞いた時のおかんの反応を考えると、怖くて心が押し潰されそうな気持ちでいっぱいだった。

「浅沼さん、お入りください」と看護師が待合室で待っていた僕たちに声をかけた。

そして医師からの話が始まった。

「お子さんから聞いていたとは思うのですが、浅沼君はGIDという診断にて当院に通っています。GIDとは、出生時の性別と、認識する性別とに不一致や違和感がある人を指します。浅沼君の場合、女性で生まれたものの、性自認は男性です。この原因についてはわかっていない状況ですが、望む性別へ体を移行することで精神的に楽になる人はいます」

おかんは不安や困惑の表情で医師の話を聞いていた。そして口を開き、

「女として生きていくのは難しいのでしょうか。理解しにくい……」と言った。

医師もおかんの質問には丁寧に答えていたが、おかんとしては、やはり女として育てていた子供がGIDのため男として生きていきます、と言われたところで、簡単に受け入れることは難しいと僕は思っていた。

そもそも僕の育った環境は「男女二元論」が強い場所で、僕のような人もいなければ、もし女性から男性にトランスした場合は変人扱いをされ、近所から邪険にされる可能性が高かった。

受診後、僕たちはどこにも寄らず車で無言のまま家に帰った。お互い話せるような心情ではなかったし、きっとわかり合うことは難しいと思っていた。

そしておかんから、両親以外、このことは誰にも話すなと言われた。田舎には近所付き合いがあり、顔見知りが多く、世間体というものも重要視されるため、少し悲しい気持ちはあったが、時間を要さずその言葉を受け入れた。

せんとくんのいる奈良へ

県外へ出てきてから初めて「当事者」に出会った。

地元では、僕と同じ当事者はいなかった。というかカミングアウトできる状態ではなかったので、いたのかもしれないがみんなクローズに生きていた。後から知ったことだが、他中学に実は僕と同じ当事者がいた。もしその時にその人の存在を知って繋がっていれば僕の青春時代は少し違っていたのかもしれないと、今になってたまに考えることがある。

　僕が奈良に出てきて初めて当事者に出会ったのは十八歳の時だ。当時は必死にＧＩＤを検索して出会いや繋がりを求めていた。その時代にはｍｉｘｉという今のＦａｃｅｂｏｏｋに近い存在のサイトがあり、そこでＧＩＤのサークルを探した。その時にヒットしたのが「虎西」というグループだった。立ち上げたばかりのサークルらしく、メンバーも僕を含め十人もいなかったと思う。集まりは三か月に一回程度で、当事者である主催者がＳＮＳで呼びかけを行い、主に大阪のミナミで集まり飲むことが多かった。

　参加者はＦＴＭであり、僕と同い年ぐらいの当事者たちだった。そこのサークルで初めて同じ気持ちの当事者と会い嬉しかったことを思い出した。昔から性自認で悩んでいたことや恋愛事情などいろいろと話した。当事者だからこそわかることが多く共感できたし、居心地がとても良かった。

　また、当時はＦＴＭにおける写メコン（ＳＮＳ内での写真コンテスト）というサイトもあった。全国から年代関係なく、ＦＴＭと思われる人が写メと自己紹介文をアップし、他者が「イイネ」的なボタンを押して評価し、月ごとに順位を決めていくというものだった。その写メコン内にアドレスを書いていることもあり、実際に連絡のやりとりができたり、サイト内でチャットができたりした。

実は僕もそこに登録して自撮りの写メをアップしたことがあるが、残念ながら上位にいくことはできず、良い月で五十位内に入れるかなという感じであった。

全国から投稿してくるため、いろんな人と繋がれたし、そこでも良い交友関係を作れたこともあった。

気づけば県外に出てから二か月程度で十人を超えるレズビアンやトランスジェンダー当事者と出会い、幼少期の頃の苦しかったことやつらかったこと、現在のことを話せるようになっていて、自然と心の中のシコリが取れていく気がした。また、ＦＴＭだけでバンドを組んでいたこともあり、僕はドラムとエレキをやっていた。

その時出会った一部の友人とは今でも交流を続けており、ましてやお互い未治療の時に出会った当事者とは、未治療時代の声が高かったり、女性として扱われることで悩んできた自分たちのことを笑いながら話せるぐらいになってきた。

ジェンダーフリー何でもありの寮生活

高校卒業後は、初めての一人暮らし！　と思いきや学生寮に入った。食事を毎食作るのも大変だし、病気になった際など一人では心配だ、勉強に専念してほしいという親の優しい配慮があったからだ。

そこの寮は面白いことに男女混合で、他の大学生や外国人がいた。部屋も男女で階が分かれているわけではなく、男女混合だった。六畳程度の狭い部屋にベッドと机とユニットバスだけがあった。一階は仏壇屋で、二階が玄関になっており、九階建てだった。

僕たちの面倒をみてくれた管理マネージャーさんは、歯がボロボロでガリガリの老婆さんと、ガッツ石松似のおじさんだった。寮生活なので食事時間や開門（午前六時三十分）、閉門（夜中の零時）等、制限はあった。食事は食堂があり、決められた時間枠の中でご飯を自由に食べることができたし、他学生と顔を合わせて話せる良い機会でもあった。食事は必ずしも美味《おい》しいとは言えず、虫が入っていることもたびたびあったが、学校が終わり疲れた中で料理をしないでいいのでとても助かった。

寮は駅にも近く、奈良の中でもすごく栄えていた市だったので、徒歩で不便なく何でも買えたし便利だった。僕が熱を出してダウンした時も、寮母さんが心配してお粥《かゆ》を作ってくれたこともあった。また、学校の友人も何名か寮にいたため何かと助かった。

家賃は少しお高めだったが、三年間、親の配慮のおかげで途中いろいろとあったが勉強にも取り組めたし、忙しい学校生活だったがなんとか頑張れた。

花園女子校

　僕は、本当は将来は警察官になりたかった。青春時代はアウトローなことばかりしていたが、当時から正義感は人一倍強く、弱い立場の人を守りたかった。若い頃は粋がっていたが、小心者の僕は権力や技術もなく、誰かを守れるほど強くもなかった。だからこそ正義という名の勲章を背負い、弱き者を自分自身の力で救いたい、役に立ちたいと思った。だが、警察官になるには身長、体重、視力、聴力、色覚等の審査基準があり、また、ジェンダー別で審査基準が分かれていることからハードルが高かった。それでも諦めきれず、友人の協力で岡山の警察学校の試験を受けさせてもらった。

　身長制限は各都道府県によるが、当時は女性の場合、最低でも一五四センチ以上必要だった。一四七センチの僕にとって頭のてっぺんにシリコンを入れても到達は難しそうだったが、警察官になりたい情熱が伝わり試験を受けさせてもらえることになった。

　二次試験まであるのだが、当時、一次試験は体力測定と筆記試験、二次試験は面接だった気がする。だが、体力測定が思った以上にハードで、その時スポーツをしていない僕にはかなりきつかった。確か中学校であった体力テスト的な項目だったはず。また、筆記試験に関しても国語、数学、英語以外に政治や社会、法律、経済等の幅広い分野を勉強しなくてはならず、大変だった。

僕が大の苦手とする論文もあったりしてかなり苦戦。勉強もかなりしたが受からず不採用となり、愕然とした反面で、男性化を考えていた僕にとっては、女性として合格することには不安感があったため、少し気が楽になった。

手術代を稼ぐために

学生の頃の僕はとても貧乏で節約家だった。手術代を稼ぐためにバイトを掛け持ちしていた。パチンコ屋にラーメン屋に水商売、引っ越し屋。いろんな仕事をした。選んだ決め手は時給の良さだった。あと、どこも面接時に自分のことをカミングアウトして、望む性で働けるよう交渉をした。いろんな面接を受けて受かったのがこれらのバイトだった。

パチンコ屋は今でもある有名店で、時給は良いが礼儀や規則がとても厳しく、途中で断念する人が多かった。でも僕はその時に一緒に働いていた同僚たちに仲良くしてもらっていたため自然と耐えられたし、社会に出るにあたり常識すら知らなかった僕にとって、とても勉強になった仕事だった。

服装は男女別であり、女性の場合はスカートだった。男性はズボンにネクタイとスーツのような恰好だったが、チビの僕に適したサイズはなく、採寸をしてくれて特注で僕用に頼んでくれた。朝礼ではスタッフと必ずお互いにチェックをしあった（ワイシャツなので毎回アイロンをかけなくてはいけないし、茶髪、ピアスは厳禁）し、社訓を読み上げていた。僕は学校が終わってからなので基本的に夕方から夜中にかけてと、休日はフルタイムで入ることが多く、体力的にはしんどかったが、まずまずの給料が稼げた。

また、そこでは店長と社員しか僕の事情を知らなかったが、未治療で女性的な要素の多かった僕を、他のスタッフも男性として扱ってくれていたため、すごく嬉しかった。そして、それまで興味はあったが行ったことのない初めてのパチンコ屋での仕事にウキウキが隠せなかった。そして、初めて大人の遊び場に足を踏み入れたことで大人になった気分でいた。

当時はドル箱というものがあり、大当たりをすればそれに出玉をためておく。一箱満タンで約十キロぐらいあった気がする。一レーンを一人で対応するので、ドル箱を運ぶだけで自然と筋肉もついてきた。また、深夜に新台を入れる作業も数か月に一回あったが、一つの台が二十〜二十五キロと重いこともあり、力仕事になるため男性オンリーで、僕もその中で力仕事をしたことに嬉しさを感じた。「浅沼君は小柄なのに力があって頼もしい」なんて言われた日には人一倍頑張った（ただ単純なだけだが）。

職場の人とは今でも仲がよく、たまに連絡を取り合っているし、当時は仕事が終わったあとによく皆でご飯を食べに行ったりした。何気ないことだったが、僕にとってはとても楽しいひと時だった。

おかんへのカミングアウト

話は少し前に戻るが、奈良の女子短大に入ってすぐに、ジェンダークリニックを探して受診した僕は、十八歳でＧＩＤと診断を受けたあと、おかんにそのことを伝えたくて手紙を書いた。

口頭で話す勇気はなかったのだが、メールのような簡易的なものは嫌だったため、あえて手紙を選んだ。

あと、たとえ実家にいなくても本当の自分のことを隠して生きていくのは嫌だったし、未成年で治療をしていくにあたり親の協力が必要だったからだ。

自分は昔から女性であることに違和感があって、病院に行ったらＧＩＤだと言われた、そういう内容を綴った。

第一人称を「僕」ではなく「自分」と言っていたのは、ずっと自分を装って家族と生活していたことの罪悪感があったからだ。

二か月ほどたっても返事はこなかった。

ただ、おかんの反応が怖かった僕は、なかなか郵便ポストや携帯メール等の確認はできないでいた。

僕はＧＩＤと診断されて手紙を送った時から、もう親とは疎遠になる覚悟をしてはいたが、実際に連絡が来ないと気が気ではなかった。

今まで女の子として育てられてきたのに、急に「男として生きていきます」と言っても、絶対に認めてはくれないと頭ではわかっていたが、どこかで理解をしてくれるはずだと期待をしていた。

僕は自暴自棄になっており、ある日バイトに行く途中に自分の不注意からバイクで車に衝突してしまった。しかも友人から譲り受けた保険に入っていないバイクだった。

苛立《いらだ》ちから雨の中を六十キロ近くのスピードで走っており、マンホールで滑りそのまま車のリアウインドーに衝突した。衝突した衝撃が強く、僕は鼻血をだらだらと出しながら今にも意識すらなくなりそうな状態だった。そして、車から男の人が出てきて僕の首根っこを掴み、引きずり回し、壁に叩きつけられた。警察を呼んで現場検証が始まったが、僕は出血量が多かったせいか、その場で倒れ、救急車で運ばれた。

近隣の病院に搬送された時には、ぼんやりだが意識も戻っていた。搬送時、そこにいた人たちは僕のことを男性だと思っていたようだが、病院で保険証を提示した時に女性とわかり、驚いていた。おそらく骨も折れていたが、自由診療での処置になるため学生で貧乏だった僕には到底払うことはできず、何もせずに病院をあとにした。

バイク事故の怖いところは、その時には衝撃が強く痛みを感じにくいのだが、時間がたつにつれてかなりの痛みがあちこち出てくることだ。僕は次の日に起きられないぐらいの全身の痛みを感じた。また、顔も腫れ上がっており、見るに堪えない容姿になっていた。そそして悲劇が始まった。バイク事故により当日欠勤した僕はバイトをクビにされた。そして、次の日に被害者の男がなんと僕の寮まで来た。玄関で僕を呼んでいたらしく、寮母が対応するように僕に言った。

彼は僕の悲惨な状態を心配する様子もなく、車の修理代や慰謝料を請求してきた。「とりあえず三十万払えよ。お前じゃ払えないと思うからママに泣きついて払ってもらえよ」と言ってきた。保険も入らずバイクに乗っていた僕の自業自得な部分ではあるが、すぐにそんな大金は用意できなかった。

「バイトで働いて返すから待ってほしい。お金は時間をかけてでも必ず返す」と話したが、相手が悪かった。携帯を無理やり取られ、借金の取り立てか何かのように強い口調で、「だめだ。一週間以内に払え。お前が悪いんだから指示に従って当然だろ。親の電話番号を教えろ。早く言えって言ってんだろ」とほぼ脅された感じだった。

僕自身、親には迷惑をかけたくなかったし、そもそも手紙を送ってから怖くて自分から連絡は一切していなかった。しかし警察も味方をしてくれず、何の知識もない僕にとって、親を頼るしかなかった。

電話をして事故を起こしたこと、相手からお金を要求されていることを話した。結局親のすねをかじっている自分に苛立ちが隠せなかったとともに、保険に入らず乗ってしまったことをひどく悔やんだ。

カミングアウトのことはさておき、親がお金を払ってくれた。

おかんは事故後の僕の体を心配してわざわざ京都まで来てくれた。なぜ京都で落ち合い話したのかはよく覚えていないが、親の優しさを実感して泣きそうになった。ほとんど食べず寝ずで働いていた僕はやつれていたのか、おかんがひどく心配してくれた。「お金のことは気にしなくていいから、学校を卒業することだけを考えなさい」と言ってくれた。僕はその言葉だけでも救われた。

おかんとの時間を堪能し奈良に帰った。もうボロボロすぎて自暴自棄にもなっていた僕は、ありがとうメールとともに思い切って、カミングアウトを書いた手紙のことも聞いてみた。するとおかんから「気づいていました」という短い文章だけが表示されていた。僕はその言葉だけでも肩の荷が下りたような気持ちになり、少し楽になった。

事故の相手からは、車の修理代だけではなく、むち打ちをしたための通院費や治療費、仕事を休んだための休業損害補償手当的なものまで請求された。また、助手席にも人が乗っており、同様に請求された。ひたすらバイトをしていたが、早急に返せる金額でもなく、当時相談できる大人もいなかったため親だけが頼りとなってしまった。

結局、百五十万程度絞りとられた。ちょくちょく相手方から取り立ての電話が入っており、僕は追い込まれて死ぬことしか考えていなかった。当初はいくら払わされるかわからなかったし、底のない毎日の取り立てに僕は疲弊していた。遺書に金はもう払いませんと書いて死ぬ計画すら立てていた。

相手方にも「これ以上お金を絞りとるなら、もう死ぬしかない」と電話越しに話した。少しは同情すると思っていたが逆効果で、「お前が悪いんだろ。お前が死のうが俺には関係ないし、死ぬなら金を払ってから死ねよ。それが男ってもんだろ」と言われた。

何年たってでもお金は払うと相手方に告げたが、知らないうちに親が相手方と連絡をとり、全額払ってくれていた。

また申し訳ない気持ちと、死ぬことで自分だけ現実から逃げようなどと、自分のことしか考えていなかったことにふがいなさを感じていたことを今でも覚えている。

家族会議

事故の一件からしばらくして、僕は久しぶりに実家に帰った。申し訳なさや後ろめたさや罪悪感から実家に帰ることを避けていたが、急におかんが恋しくなったし、ちゃんと事故の時のお礼も言えてなかったことが気がかりだった。

　実家に帰ると、ピリピリした空気が漂っていた。それは事故の一件ではなく、僕がホルモン注射により男性化してきていることが要因だったらしい。

　男性ホルモンを打つと声変わりもするため怪しまれる確率が高く、なるべくばれないようにマスクを着用し風邪を装っていた。

　おじいちゃんやおばあちゃんは家族内で起こっている状況を知らなかったため、風邪だと信じていたが、おかんは薄々注射を打っていることに気づいていた。

　どうやらおかんからおとんに、僕がカミングアウトした話をしていたらしく、おとんとたまたま二人になった時に、

「今からでも巻き戻せるから、早く女に戻れ。この世には男と女しか存在していない。体が女なんだからお前は女なんだよ。意味のわからないことばかりお母さんに言っていないで目を覚ませ」と言われた。

　ホルモン療法などの治療に進みたいことは親には話していたが、止められていたし、するのであれば自分たちが死んでから好きなようにしてくれと言われていた。

　親の気持ちも痛いほどわかるが、青春時代に本当の自分を押し殺しながら我慢を重ね生きてきたのに、もうこれ以上の我慢はできないと思った。育ててくれた親だからこそ、時

間をかけてでも理解を得ようと思っていたが、おとんからの発言で諦めた。

両親の理解を得られないまま、強行突破的な感じでひそかに友人に紹介してもらったクリニックで、二十歳でホルモン投与を開始した（二十歳未満は親権者の同意が必要）。

ようこそおなべちゃん

十九歳、ミナミのホストクラブで水商売デビューをした。当時どうしてもお金がすぐにほしかったたし、華やかなイメージだったお水の世界に興味があった。

体験入店でホストをした。体験入店とは、お試しとして一回その店で働き、そこの雰囲気や環境を実際に見て働くかを決められるシステムである。

今の状況はわからないが、当時は二部制で昼の部と夜の部があった。勤務は大体九時間程度。体験入店での日給は五千円。何軒かの体験入店後、気に入ったお店でホストをしてみたが、時給と業務の割りが合っていなかった。

おなべということで、今までにいない逸材としてその店で注目はされたが、ただのボーイッシュで可愛い小柄な女の子にしか、周囲からは見られていなかった。そして、外見上男性に見えないためか、本指名をとることは難しく、物珍しさでヘルプにつくことが多かった。ここで上下関係の厳しさと男性社会を知った。

ホストは短期間で辞めて、同じミナミにあるゲイのママがやっている、ミックスのショーパブで働きはじめた。置かれていた境遇は違ったとしても、性的マイノリティ当事者として少しでも気持ちをわかってくれるのではないかと思ってその店を選んだのだ。キャストはゲイのママ以外にもう一人ゲイの人と女子二人と僕だった。おなべはママには珍しかったらしく即採用となった。

でも、思い描いているものとは違った。客層はヤクザや土木作業員の人が多く、飲み方も決して綺麗ではない。接客では個々にそれぞれ好きなかっこうをするのだが、僕は男らしい方が良いだろうとママが特攻服を貸してくれた。しかし、来ているお客はショー目当てでも、ゲイやおなべ目当てでもなく、女子目当てがほとんどだった。

明らかに僕みたいなものは見世物でしかなかった。オラオラ系の人が多かったため、僕は接客するというよりは「男気を見せろ」「男社会を教えてやる」と言われることが多かった。腹パンや肩パンをされたり、度胸試しのために根性焼きをされることもあった。拒否をすれば「所詮女だな」とか、「あそこに俺のモノを入れてやれば女に戻るから試してやる」とトイレに連れ込まれてされそうになったこともたびたびあった。ママに相談したこともあったが、自己責任の領域であり、自分でなんとかしろと言われた。

しかし、お金を払って来ているお客をブチのめすわけにもいかないし、時給もホスト時代よりは良く、その日に給料を手渡してもらえたため耐えるしかなかった。

ショー自体は苦ではなく、ダンスを覚えることは楽しかった。同じ店で働いていたゲイ（以降コロモ）が僕のお世話係になっていた。

学校が終わり、奈良からミナミに向かう電車に乗っての出勤はさすがにきつかった。夜から朝まで働き、学校との往復をしていたが、酒を飲んでいることや疲労感から電車で寝落ちすることも多く、起きると、乗ったはずの難波駅に戻っていることもあった。

そんなライフスタイルに見兼ねたコロモから、一緒に暮らすことの提案があった。立地も悪くなく、一緒に住むことを選んだ。僕は当時学生だったため寮に住んでいたが帰ることはなくなり、学校も単位がない講義には行かないことが多かった。

仕事が終わりコロモの家に一緒に帰る日々が続いた。ベッドは一つしかなく一緒に寝ていたし、何をするにも行動を共にすることが多かった。彼も貧乏だったらしく、携帯料金を滞納して使用できない時には、僕の使っていないウィルコムを貸していたのだが、最終的に返ってくることはなかった。また、太客《ふときゃく》（金持ち）が来た時に、接待したキャストにママがボーナスとして一万円をくれたのだが、僕が泥酔してお店で寝ている間に盗まれてなくなっていたこともあった。

その後も一緒に暮らしていく中で、僕の財布からお金がなくなることがたびたびあったし、買い物に行っても大抵は僕が払わされた。

部屋に住まわせてもらっているため文句を言わずにこらえていたが、徐々にヒートアップしてきたため、僕は逃げるように彼の家から少ない荷物をもって出た。

そして、四か月程度でお店も辞めた。ひどい扱いだったが、僕にとっては良い学びの機会でもあった。

道頓堀の中心で叫ぶ

僕は奈良に住んでいたのだが、生活のほとんどを大阪にあるミナミで過ごした。当時ミナミの繁華街にいることが多く、キャッチとも仲がよかったため、紹介でスカウトの仕事を始めた。

ざっくりだが、キャッチは男性客に女の子がいるお店を紹介する仕事で、スカウトは女の子に働く店を紹介することだ。

そこのスカウト会社の採用条件としては、「とにかく女好きな人」だった。女の子は大好きだったし、ナンパにも何の根拠もないが多少の自信はあった。スカウトした女の子が紹介した店に入店して、途中で辞めることがなければ、その人の稼いだ何パーセントかが、自分の給料となるシステムだった。ガールズバーへの紹介は一番バックが低く、高額なのはＡＶ出演や風俗店への紹介だった。

スカウトをする場所は決まっており、それ以外の場所ですることはタブー化されていた。

また、必ず二名以上のチームで行動することが必須であった。

若い女の子が多いナンパスポット的な場所を知ってはいたが、他のスカウトの陣地だったりするため、会社が指定しない場所で、ましてや単体で行うと自分の身が危なかった。

そういえば道頓堀でスカウトをしたことがある。目の前を通り過ぎていく人を見ながら、外見や、話を聞いてくれるか、どんな性格や癖があるかを瞬時に見極めることが必要だった。始めた当初は皆に声をかけりゃ誰かしら話にのってくるだろうという安易な考えから、片っ端から見ず知らずの女の子に話しかけていた。しかしスカウトに慣れている女の子が多く、話しかけるだけで「キモイ。あっちいけ」と普通にさらっと吐き捨てて立ち去る人が多く、免疫のない僕にとっては心が折れそうで、慣れるのに時間がかかった。

僕がふられるたびに一緒に行動していたグループの先輩たちはゲラゲラ笑っていた。だから僕も先輩たちがふられた時には笑い返した。

見ず知らずの他人の警戒心をとくとともにハンティングをすることは、頭で考えていたより難しいと感じた。

僕はチビだし容姿もよくないため、話術にたけていない限り売り上げをあげることはハードルが高かった。長い時で五時間ぐらいスカウトをすることがあり、連絡先の交換まではたどり着くことも多かったが、店の紹介まで繋げることは少なかった。ほぼ無給だったが、男だけでわいわいと盛り上がることも多く、青春をしているみたいで苦ではなかった。

それにトーク術や人間観察力も学ぶことができた。

短大時代に改名を

僕は女子校時代に改名をしたかった。というのも、男性化をしていく上で女性名にすごく嫌悪感があったからだ。どこに行っても何をしても必ず本人確認をされる。確認する方も毎回疲れると思うが、確認される方も精神的苦痛が半端ない。僕の場合、「智子」という女性特有の名前だったため、どうあがいて読み方を変更したとしても、女性特有の読み方を変更することは困難だった。

名前を変更するにあたり、高校時代から使っていた「智汰」という名前にしようか悩んだ。親がつけてくれた名前を一文字でも残すことが親孝行だし、せめてもの罪滅ぼしだと思っていた。なので「智」という字は必ず入れたかったし、家庭裁判所に出す変更申し立ての書類で、通称名を三年間使用していなければいけないといった条件があったので（これは裁判所によって異なる）ちょうど良いと思っていたのだが、よくよく考えると三十代、四十代の時に少し恥ずかしい気持ちになりそうな気がしてやめた。

今考えると、その名前でもよかったかなと思うこともあるが、当時は可愛さよりアウトロー的なものを求めていたため、もっと男男した名前がよかった。尖《とが》っていたし、男理想論が強かった。

コンビニのポイントカードや郵便物など、通称名で問題ないものに関しては、呼ばれたい名前を使用した。そして、地道に通称名で使用した証拠物をためていった。

ネット情報が頼りだったが、改名にはＧＩＤの診断書と三年間はその通称名を使用していたとする証拠が必要だった。十八歳まで親と同居していたから、本名とは別の通称名を使用することは困難であったため、実際に通称名で日常生活をし始めたのは一人暮らしを初めてからだ。

改名の場合、住民票の置いてある家庭裁判所に申し出をすることになっており、奈良にある家庭裁判所で改名の申請を行った。二十歳で改名をしたので、実質通称名を使用していた期間は二年程度である。

しかし、通称名の「智也」は学校側からＮＧを出された。女子校で男性特有の名前はだめだと言うのだ。確かに女子校に「浅沼智也」という名前の人がいたら、周囲からすれば驚愕なことだと思う。僕自身、ある意味女子校に智也という名前の女子がいても面白いとは思うが。

逆に男性で智子という名前がいても面白い気がする。女性らしい名前、男性らしい名前と区別するからこそ、先入観が生まれる。性規範を意識しなければ、選択の幅は広がり、いつか改名をしなくても社会的に生きやすい時代が来るのかなと思う。変えたい人は変えればいいと思うが、何らかの事情で変えられない人もいると思うので、これはあくまで僕の個人的な考えだが。

もし奇異な目で見られないなら、今なら智子で良いかもと思ってしまう。ネタになるし、ユーモアだしね。

学校の実技研修で嫌だったこと

看護学校の頃にすごく嫌だったのが、実技研修だった。女性しかいない学校だからか、トランスジェンダーがいるということを想定していない。まあ、女子校と書いてあるにもかかわらず、まさか男子が交ざっているとは想定はしにくいし、理解しがたいとは思う。

校内の実習では、清拭《せいしき》や陰部洗浄などがあった。清拭は上半身ほぼ裸になってペアになり行うのだが、すごく嫌だった。相手が女性なのは良いのだが、自分が上半身裸になり体を見られることや、相手に拭かれることが嫌だった。僕はナベシャツ（後述）とタンクトップを着て挑んだが、幸いにも特に学校の先生から指摘をされることはなく、タンクトップのまま清拭され終了した。

一番嫌だったのは陰部洗浄の練習である。男性器の模型を皆で教科書を見ながら洗浄することはよかったのだが、なぜか女性器については、ペアになり、模型を各自陰部につけて、相手に模型の陰部を洗ってもらうという実技だった。模型の女性器をつけること、股を開き、相手にそれを洗われることが苦痛で仕方なかったが、この実技に参加しないと単位を落としてしまうため、絶対必須で出なければいけなかった。

僕は泣きそうになりながら、その実技を行った。相手のものを洗浄するのにも当時は抵抗があったし、ましてや自分がつけた模型の女性器を丁寧に洗われることで、自分自身が女なんだという錯覚、いや現実を直視しなければいけなかったが、当時は性同一性障害やＬＧＢＴ（Lesbian・Gay・Bisexual・Transgender の頭文字をとった、セクシュアル・マイノリティの総称の一つ）という言葉はあまり知られておらず、ましては皆にカミングアウトもしたくはなかったため、誰にも相談はできなかった。

そして、自分の感情を落ち着かせるようなポジティブな発想もできなかった。

看護教育

僕が看護学生時代にはＬＧＢＴ、ＳＯＧＩなどの多様な性についての授業はほとんどなく、三年間のうち、道徳の授業で同性愛や性同一性障害の定義を十分程度習ったぐらいであった。しかも、授業で性同一性障害のことを先生が話していると、なぜか僕はドキドキが止まらず、自分自身の存在に気づかれている気すらして、周囲に言葉と意味を知ってもらいたい反面、怖くてふるえた。

授業が終わったあとに、講義をしてくれた先生のもとへ行き、自分のことをカミングアウトするとともにお礼を伝えた。もっと看護授業の中で取り入れるべき内容だと僕は思う。看護師になれば国籍や性的指向、宗教等を問わず、いろんな人々と接する機会が多くなるからだ。看護師が多様な性について知らないでは済まされないと僕は思うし、医療機関に来る人が安全・安心に受診や入院できる環境を整えたいと学生の頃から思っていた。そんな熱い胸の内を教員に伝えると、共感してくれた。

看護教育は遅れており、多様な性について書かれた看護雑誌や看護系の情報も数えるほどしかない。もっと多様な性について学べるカリキュラムを入れるべきだと僕は思う。

実習中の出来事

看護学校三年生の時ほとんどが実習だった。母性や小児、精神科、手術室、老人施設や訪問看護など、幅広く看護を学ぶことができた。

そこで面白かったのが、女子校に通いながら実習先に行った時の僕の立ち位置である。当然、実習の受け入れ先の病院や施設は僕のことを女性だとしか思っていないし、女子校に男性がいる概念は考えづらいと思う。しかし、僕は在学中にホルモン療法を行っていたため外見や声も男性様だったので、スタッフからはもちろん、患者も混乱することがたびたびあった。

　実習機関の場所はその都度変わるため、毎回自分のことをカミングアウトすることは嫌だったし、学校側もそれを望んではいなかった。なので、僕自身も中性的に見せてはいたし、トランスジェンダーであることを実習先の指導者や患者には気づかれないように配慮はしていた。

　ある実習先の病院で、指導者に「声、どうしたの？」と聞かれた時、咄嗟《とっさ》に「酒やけです」と返答したことがあった。カミングアウトをしても良かったのだが、一時的に関わる人に僕のことを話すことには抵抗が大きかった。

　また、看護を学びに来ているため、性自認や見た目などは関係ないと思っていたし、女子校に通っている実習生が実は男性でしたなんていうような、誰もが混乱しそうなことをあえて拡散もしたくはなかった。それも毎回カミングアウトしなかった要因の一つではある。

Ⅵ　生と死の間

僕は風俗大魔王

毎日忙しい生活が続いていたが、初めて付き合った最愛の人、Ａちゃんのことを思い出すたびに胸が張り裂けそうになり、僕は次第に自暴自棄になっていた。

別れの衝撃は思っていた以上にでかかったのだ。

次第に風俗にのめりこむようになっていった。

風俗に行こうと思ったのは、もともと興味があったのと、擬似でも自分を受け入れてくれる場所がほしかったからだ。当時交友関係があった友人たちも変態であり、僕らは日常生活の中にないエロい非日常的なことを探していた。

また、その頃は、風俗に行くことは男の証であるという自分の中での変な概念があった。活動拠点はほとんど大阪のミナミや京橋、梅田だった。勇気を出して仲の良かったＦＴ

Mの親友とガールズバーに行き、味をしめたのちに、おっぱいパブやピンサロ、SMクラブにも行った。

おっパブでは大きな部屋の中に十五〜二十席ぐらい（お店による）ソファーやフラットシートがあり、個々に板で仕切られている。壁は低く、僕が立ち上がったら他者の様子が見られるくらいであり、その光景にさらに興奮した。うす暗い室内でガンガン洋楽やアップテンポの音楽が流れており、そこで女の子といちゃいちゃできる仕組みだ。

ガールズバーはカウンターをはさんで話すだけだが、おっパブは手を繋いだり、キスやおっぱいを触ったり舐《な》めたり揉んだりできる。アルコール、ソフトドリンク込みで四十分〜四十五分、約五千円〜一万円程度。店舗によって時間や料金が違うが、料金が高い店ほど可愛い子やシステムがきちんとしている。

女の子は指名をしなければ大体三名くらい接客してくれる。膝の上に乗られることや胸や股間を触ってくる子もいるため、ばれないようにパンツの中にハンカチタオルやティッシュを何枚かくるんで入れて行ったこともある。

そういえばFTMの親友が乳首修正手術をするために付き添いで名古屋に行った時、せっかくだからと夜に繁華街に行った。名古屋のキャッチは大阪のキャッチとは違い、集団で取り囲むように飲み屋を案内してきたところがちょっと怖かった。名古屋のお店事情はよくわからないので囲まれたキャッチたちに身を任せて、おっパブを紹介してもらった。

そこのお店は大きな円タイプのソファーがあり、僕達が行った時にはすでにサラリーマン風のお客が何組かいて、女の子たちとそれぞれ思い思いに楽しんでいた。また、ハッスルタイムというシステムがあり、一定の時間帯でお店の女の子たちが全員回ってきて、一人ずつお客の膝の上に乗ってくるといった、なんとも神的なことがあった。

しかし、回ってきた女の子の中に独特な臭いを放つ子がいて、鼻がもげそうなほどの異臭に対し、二人して白目を剥き死にそうになった。また、親友は手術後の乳首を女の子にいじられて出血していた。さすがに痛かったようでお店を後にしたあと、薬局で痛み止めを買って飲んでいた。

当時は僕もホルモン注射を打ち始めたばかりだったからか、性欲に歯止めがなく、どんな状況だろうが二人とも「エロ」を求めていた。名古屋を堪能し、土産話とともに大阪に戻った。


ピンサロは個室がなく、大部屋に二人がけ用のソファーが何個か置かれ、板によって仕切りをされた空間で女の子といちゃいちゃしたり、下半身を舐めたりしてもらえるところだ。店内は暗く、音楽が大音量で流されており、比較的アップテンポな曲が多い。当時で大体二十分~三十分で約三千円~六千円程度（店舗で異なる）。おっパブと一緒で、立ち上がると他の客の様子が見られるから興奮度が増す。舐める際は下半身をおしぼりで拭く程度であり、衛生的な面ではちょっと気になった。

指名をしなければ三人程度「花びら回転」といって女の子が回ってくる。僕は追い出される覚悟で席についてくれた女の子にカミングアウトした。驚く人は多かったが、運がよかったのか出禁になったり追放されたりすることはなく、普通に下半身を舐めてくれる子ばかりだった（笑）。

泥沼への道

いろいろなエロい店ばかり行っていた僕は、繁華街のキャッチの人や店のスタッフに顔を覚えられていて、繁華街を通るたびに挨拶をされることも多くなっていった。学生にしては贅沢《ぜいたく》な遊びをしていたと思う。

ホルモン注射の影響で性欲が強かったが、自分のことを理解してくれていた彼女と別れた寂しさがあり、現実から逃げるように繁華街へ行っていた部分もある。それに、主に男性客が多い店へ行くということは、自分自身のパス度確認もできたからだ。

そんな中である時、大阪ミナミのおっパブで働いているSと出会った。

たまたまキャッチに紹介されて行ったお店で席についてくれたのがSだった。決して容姿的にも可愛いというわけではないが、Sにはなぜか、初めて会ったにもかかわらずカミングアウトしてしまっていた自分がいた。付き合っていた彼女と別れてつらかったことや、トランス移行中のため社会的生活をするうえで大変なこと、今まで誰にも話せなかったことを自然とSに話していた。

エッチなことを求めて店に足を運ぶお客が多い中で、僕はなぜかSに会いにお店に通い、エロいことを求めず自分自身のことを相談していた。

決して交わることのない店子《みせこ》との恋が始まった。しかも、僕は年上にしか興味がないのだが、今回はなぜか年下のSに惹《ひ》かれた。寂しさを埋め尽くしたい部分と、一刻も早くAを忘れて誰かに依存したい気持ちがあって、異常なくらいSにのめり込んでいた。

FTMの親友にもお気に入りの店子がいて、一緒に週二〜四回ほどその店に通っていた。僕はSのことしか考えられなくなってしまい、店子だとわかっていながら本気で好きになっていた。僕のことを理解してくれる人が元カノのAの他にもいたこと、それが何より嬉しかった。

Sのことは決して他の人には話さなかった。きっと騙されている、バカだと思われるからだ。

二か月ぐらいその生活が続いた。バイト代もSに会うための費用となっていた。ある日、僕は店に行った時、とうとうSに「好きだ。付き合ってほしい」と告白した。店でしか会うことのできない関係だったし、お金をよく使う都合の良い客だと思われていたと思う。でも、その時は騙されてもいいから夢を見続けたかった。

Sは「あたしも好きだよ」と言ってくれた。両想いになったことが嬉しかった。だから「店をやめて僕と付き合ってほしい」と再度Sに言ってみた。

するとSは、「お店には借金があってやめられない」と悲しそうな顔で言った。僕は動揺が隠せず、「えっ。借金って？　何で？　なんぼあんの？」と聞き返した。

Sは十八歳で専門学校に通うため九州から大阪に出てきたらしい。美容の学校に行っていたが、一年前にお父さんが病気になり専門学校を中退し、病気の治療費を稼ぐためにおっパブの世界で働き始めたが、お母さんも病気で働けず、治療費がいるためそこの店で三百万借りたらしい。

水商売では「あるある話」だし、嘘っぽいこともわかっていたが、なぜか僕はSへの好きな気持ちを諦められずにいた。そして、悩んだあげく、一緒に返していくことをSに告げた。店を辞めたら一緒になろう、結婚しよう。そうSは僕に言ってくれた。

そこから僕の依存と地獄は始まった。変わらず週三〜四回ペースでお店に通った。同伴をすることはあったけど、決してデートとは言えないものだったし、プライベートで店外で会うことは絶対になかった。

今思うと、親からの愛情という太いパイプが子供の頃からあり、それがなくなってしまったために、もっと太い愛情という名のパイプを求めていたのかもしれない。

店に通っている時はSを誰にも取られたくないから指名をしていた。結構人気で、お店に通い始めた頃からナンバーワンかツーぐらいに入っていた。一回お店に行くだけで約一万二千円〜一万六千円（手元になければお店の人の付き添いのもと、お金をATMにおろしに行っていた）おとしていたため、お店にとっては都合のよい客だったと思う。

学生の僕にとって、お店に通い続けることは正直しんどかったし、学校もサボりがちになり、バイトとSの働いているお店の往復になっていた。誰かと遊ぶことや何かを買うことすら惜しんだ。

間が悪いのが、そこの店のチーフがFTMだったことだ。お金も底を突きそうな時に、そこで働いていたFTMチーフは決まって、

「Sちゃんが待ってますよ。あともう少し頑張りましょう。いつもあなたの話を楽しそうにしてるよ」と言ってくる。

Sは、「あたしのために頑張って」とか「あたしのこと好きなんでしょ」「早く一緒になりたいね」と言ってきた。お金がなくなってくると必然と心にも余裕がなくなり、病んできた。もう嫌だなと思いつつも、Sのことを裏切れず、つい店にまた行ってしまう。そんな自己嫌悪に陥る日々が続いた。

ある日、Sからシャンパンタワーをしてほしいと言われた。シャンパンタワーをしたら辞めさせると店の統括より言われたらしい。だが、なんと一回百万円らしい。ただその時には、僕はもうお金を使い過ぎて感覚すら麻痺《まひ》していた。ついには奨学金に手を出し、家の物をほとんど売り、友人や親に嘘をつきお金を借りて、なんとか百万円を集めてシャンパンタワーをした。血眼になってお金を集めていたこともあり、友達はすでにかなり減っていたが、それよりもSさえいればいいと本気で思っていた。お金がなく、食べ物すら買うことができなかった僕は、寮の食堂が連休の日は、野菜畑で野菜を夜中に盗み食べたこともあった。

当時の僕には、テレビや漫画で見るような世界が目の前にあった。店を貸し切って、タワーのように積まれたグラスにシャンパンが流し込まれていく。それをSと一緒に見ながらキスをした。これで一緒になれると僕は本気で思っていたし、彼女がいれば、もはや金も地位も何もいらなかった。

その日はシャンパンをラッパ飲みしたり、顔面ケーキをしたりとカオスな感じのパーティーになったが、はしゃぎすぎて泥酔状態になり、最後はほとんど記憶がなかった。親友も一緒にいたはずなのだが、目を覚ますと僕だけ警察署の前にいた。

どうやら無賃で乗っていたことに腹をたてたタクシーの運ちゃんが警察署まで運んできたらしい。真冬のとても寒い朝、頭がクラクラする中で、財布を取り出すもタクシー代を払うほどのお金もなかった。携帯もないし、店で上半身裸になったのか、服は親友のものであり、上半身裸でジャケットを羽織っていた。

やばすぎる状況ではあったが、見兼ねたタクシーの運ちゃんが、

「もういいから。気をつけて帰んなよ」と、警察には相談せずにその場から立ち去っていった。

酔いがさめないままミナミ周辺をうろうろしたが、困ったことに携帯も金もない僕は奈良にある家に帰ることすらできず、致命的な状態であった。

悩んだあげく、早朝の寒い中、酒臭いボロボロの姿でヒッチハイクを行い、なんとか家付近までたどり着いた。

幸いにも携帯の他にPHSをもっていたため、仲の良かった兄貴的存在の人（以降「兄貴」）に電話をして事情を話し、一緒にその日の夜に車でミナミまで携帯を取りに行った。

そこにFTMチーフとSがいて、

「昨日はありがとう」と言われた。Sに、

「これで店を辞めて一緒になれるな」と言ったら、Sから、

「それが、店の方に借金の返済金がまだ足らんと言われたからやめれへんくなった」と言われた。

僕は愕然としてしまった。Ｓに、

「もういいよ。終わりにしよう」と言ってお店を出て、兄貴の車に飛び乗った。

兄貴には引かれると思い、Ｓが好きなことやお金を貢いでいることを隠していたのだが、すべて話した。そして、僕は兄貴の前で泣き崩れた。

兄貴も動揺が隠せなかったらしく、すごくびっくりしていたが、一部始終を聞いた後に一言、「やめとけ」と言った。

僕も頭の中で、きっと誰に話しても止められる、祝福されない恋だと思っていた。だからこそ誰にも話せなかったし一人で悩みを抱え込んでいた。だが、話して現実を見ることもできたし、この恋をやめようと思った。

しかし、Ｓから毎日のように「ごめんね」「何してる?」「今日は気持ち悪い客に触られて嫌だった」「好きだよ」と連絡がきたが、僕は心を鬼にして感情を封印して返信もしなかった。

一週間ぐらいメールを無視していると、突然「死にたい。会いたい」と連絡がきた。

僕は見兼ねて「どうせ店ででしょ。もういいよ。僕がバカだったわ」と返信をした。

Ｓは「違うよ。プライベートで」と連絡してきた。気持ちを捨てきれなかった僕は、Ｓに会って完全に別れを告げようと思った。

Ｓが休みの日に会った。Ｓは少し痩せており、顔も疲れ切っていた。

「久しぶりだね。って言っても一週間ぶり？　ぐらいか」

とSが僕に話しかけてきた。たった一週間だが、僕にとってはとても長く感じた。

意を決してSに、

「プライベートで来てもらって悪いけど、別れようや。もう連絡もお互いとらん。どうせ僕は都合のいい客だったんやろ。皆でばかにして笑ってたんだろ。百万だって何十万かはSの懐に入ったんやろ」

と、思っていることを言葉も選ばずに言い放った。Sは、

「何で信じてくれへんの？　あたしだって店にいいように使われてるし、あのお金だって一銭ももらってない。好きなのに離れるなんて寂しいし、悲しいよ」と泣き崩れた。

僕はあえてSの顔を直視しなかった。見たら好きな気持ちが溢れ出そうだったたし、また同じことの繰り返しになると思ったからだ。

しばらく沈黙が続き、Sがごそごそとカバンから何かを取り出した。そして、

「もういいよ。さようなら。ありがとう。一緒になりたかったけど、もう無理なんやね」

と、なんとカッターナイフで手首を切ろうとしていた。

僕は慌てて止めた。なんでSがそこまで必死になるのかわからなかったが、変な正義感もあり、この人となら地獄に落ちてもいいかと決心し、彼女を抱きしめた。

だが、ここからが本当の地獄の始まりだった。

奈落の底

通う回数は少し減ったが、僕はふたたび彼女のいる店に通い始めた。もちろん店外で会うことはあれ以来なかったが。お店を辞めて自由になるまでは店以外で会うのはやめようと言われた。彼女のケジメでもあると思い、僕は正直きつかったが、心を押し殺して耐えることにした。

寝る間を惜しんでバイトに明け暮れて、借りていた借金は返した。しかし、相変わらず金は減るばかりで増えることはない生活だった。

苦しかったが、Sがいれば僕はもはや自分のことはどうでもよくなっていた。友達も減り、家族からも見放された僕にはSしかいなかったし、Sが僕のすべてだった。

一か月がたって、Sから「もう一回シャンパンタワーをしてほしい」と言われた。

僕自身、あんだけ苦労したあげくに店も辞められないという二の舞は避けたかったため、統括と直接話した。そして、これで借金ゼロ、Sを必ず辞めさせるという契約を取り付けた。

しかし、百万円なんて、奨学金のお金を含めても学生の僕にはすぐに集めることなんてできなかった。だから、裏社会の住人たちと関わることにした。

その人たちは、お金を作る方法をいろいろと紹介してくれた。外国籍の面識のない男性と偽装結婚をすることで当時五十万円（ただし三年は籍を外さないことが条件）や、臓器売買（当時、胃三十万、腎臓片方十万）、プッシャー（麻薬の売人）などいろいろとあった。しかし、どれも考えるだけでもとてもリスキーなことだし、若かった僕は足元を見られていた気がする。この期《ご》に及んでだが、将来Sと生活することを考え自己破産するような事態は避けたかったし、健康に危害を加えるようなこともしたくはなかった。それに、人生を左右するようなリスキーなことにもかかわらず、値段も安すぎたため断った。

だが、Sと幸せに暮らすにはお金が必要だった。この時には、Sへの愛というよりは、店からSを解放することへの執着の方が強かった。

僕はとうとう親族にまでお金を借りるため動いた。ただ高額であり、一筋縄では貸してはくれなかったため、正直に自分自身のことをカミングアウトするとともにSとの関係、お金がいる事情を話した。

しかし、やはり親族にも「騙されているし力にはなれない」と言われた。レストランか何かの店内で話していたのだが、もう話すことはないと怒って出ていった親族に対し、僕は追いかけて、人目も気にせずに道端で土下座をした。どうしてもお金が必要だったたし、プライドなんてもうどうでもよかった。Sと一緒になりたい一心だったが、お金に執着し、精神的にも崩壊していた僕は実家に監禁された。

自分の部屋に閉じ込められて、窓もふさがれ、厳重に外から鍵をかけられた。携帯も取り上げられてSにも連絡がとれず、この部屋からの出口はなかった。僕はひたすら大声を上げて狂ったように壁を殴り続けた。

そして、二日間ほど耐えた後、夜中に窓ガラスを割り、二階の窓から下に飛び降りた。本来骨折か捻挫をしてもよさそうだったが、着地がよかったのか怪我すらしなかった。当時、浅沼家には一階で鍵を締めていない場所があり、そこから家に入り、親の車の鍵を盗んだ。そして急いで車に乗り、一心不乱にミナミのSのいる店へ向かった。高速を使い、本来なら三時間ほどかかるような道のりを飛ばしまくり、約二時間で着いた。

着いたのは三時頃だったが、幸いにも店は開いており、Sに今までの事情を話した。すぐにSと一緒に車に乗って帰り、僕たちの愛の強さを親や親族に示したかったし、むしろ二人で駆け落ちをしてもいいと思っていた。しかし彼女は一言、

「行けない。店があるし、ケジメをちゃんとつけたいから」と言った。

僕は愕然として、そのまま重い気持ちで岡山まで帰った。

帰った途端、親がすごい形相で待ち構えていた。だが、僕の本気の気持ちが伝わったのか、お金を貸すことを検討してくれた。条件としてはSと一緒に親と親族のもとへ来てお金を借りたい旨を話すこと、寮付きの職場に住み込み、借りたお金をちゃんと返していくことの二つだった。

急いでSに連絡をして、仕事を休んででも岡山に来てくれるように伝えたが、「行けない」の一点張りだったため、契約が成立することはなかった。

僕のことを理解してくれていたSがいれば何もいらない気持ちは変わらなかったし、こうなってもまだ、お店を辞めたら一緒に暮らせるし愛を育めると本気で思っていた。僕は親と親族のもとから逃げるように出て行った。

結局、裏社会の知人に金融会社と闇金を紹介してもらい、お金を借りた。Sも一緒に連れて行って連帯保証人になってもらった。僕だけリスキーなことばかりをすることに少し不満があったし、Sにも僕が頑張って危ない橋を渡ってでもお金を作ろうとしていることを知ってほしかった。

なんとか百万円を集めることに成功し、二度目のシャンパンタワーをした。今回は僕と同じような状況にある男性と合同で行った。その男性も店子に恋をしており、お店を辞めさせたかったらしい。

ただ、決して僕は明るく笑うことはできなかった。ここまでたどり着くのに失うものがデカかった。親や親族とも疎遠になり、友人もいなくなった。僕の元には彼女と借金しか残っていなかった。

シャンパンタワーが無事終わり、彼女は晴れて店を辞めることができた。だが、店を辞めても会うことはできなかった。病気の父親の元に一刻も早く帰りたいと九州へ行ってしまったからだ。

僕も九州に一緒に行きたかったし、もう一秒たりとも離れたくなかった。そんな気持ちとは裏腹に、Sは一人で行って親の様子をみるついでに僕のことも話したあと、両親に紹介するから待ってて と言われた。

Sが店を辞めて九州に帰り一週間、二週間とたったが、関西に帰ってこようとする気配はなく、むしろ連絡が返ってくる頻度も少なくなっていった。僕は不安になったが、Sを信じて待った。

ある日、Sの携帯から電話が入った。出ると知らない男が、

「Sはもうお前に会いたくないってよ。大体気持ち悪いんだよ。お前女なんだろ。お前みたいな女にSが本気になるわけねえだろ。とんだアホだな。所詮女なんだよ。あいつは男が好きで、お前のことなんて最初から好きじゃないって」と一方的に話された。

状況がよくわからない僕は、

「えっ、誰？　てか、Sに替われよ」と言った。すると男は、

「Sはもうお前と話したくないって。しつこいし、気持ちが悪いって。レズビアンごっこしている暇もないって。それに俺がSの彼氏だし」と言われた。

嘘だと信じたかった僕は、必死にSに替わってくれるように男に頼んだ。

すると、どうやらSが電話の近くにいたらしく、あまりのしつこさに電話を替わってく

れた。僕はＳに、

「嘘だよな。ずっと一緒にいようって言ったやんか。愛してるって言ってたのも全部嘘なん？」と重い口調で話した。Ｓからは、

「嘘なんかじゃない。でも、もう連絡はとれないから。バイバイ」と言われ、電話を一方的に切られた。

僕は状況を受け止められず何回か電話をしたが、時すでに遅し、着信拒否をされていた。急いでメールも送ったが、エラーで返ってきた。


こうして僕の恋は終わりを告げたとともに、気づいた時には何もかもを失っており、残ったものは借金だけだった。

いろんな人を裏切り、傷つけ、犠牲を払ってでも叶えたい恋だったが、どうあがいても叶わなかった。もし他に僕のことを理解してくれて、そばにいてくれる人がいたら違ったのかもしれないと、再度自分自身をひどく憎んだ。

自殺未遂

何もかも失った僕は、抜け殻のようになっていた。

大切だった友人も家族も、自分勝手な行動のせいでいなくなった。本当の「孤独」を知った瞬間でもあった。

でも、知った時にはもう遅い。時間の巻き戻しなんてできない。

寂しい、怖い……。

自分が何のために生きているのかわからないし、ひどいことをしてきた自分も許せなかった。

誰も僕のことなんて理解もしてくれないし、愛してくれるはずもない。

頑張って生きることに意味があるのかとすら思ったし、完全な男にもなれない、誰かを幸せにすることもできないこんな僕が、息を吸ったりご飯を食べることすら申し訳なく思った。どんどんと自己嫌悪に陥っていった。

孤独のつらさと、借金の苦しさに追いつめられ、いつの日か死ぬ方法しか考えなくなっていた。自分が死ぬシミュレーションをするだけで、なんとか正気を保てた。

ご飯を食べては吐いていた僕はみるみるうちに痩せていったし、目の輝きもなくなり、死んだようになっていた。そしてそんな僕の姿を見たおかんは、強制的にしばらくの間、僕を実家に戻した。裏切られたにもかかわらず、見捨てなかったおかんにすごく申し訳なさを感じた。おかんはもはや精神科病棟に入院させたがっていたが、おとんは世間体も考え断固として反対していた。

皆が僕のことを冷めたような目で見ている気がした。もがけばもがくほど、底のない沼にどんどんはまっていく。泣いても叫んでも誰かが手を差し伸べてくれることはなかった。でも、全て自業自得。自分がまいた種だ。早く、誰も僕のことを知らないところに行き、楽になりたいと思った。

帰省中のある日、僕は死の決断をした。生きたくても生きられない人が世の中にいることは知っていたが、そんなことを考えて生きようと思う気持ちにはなれなかった。とりあえず、孤独の恐怖から解放され、楽になりたかった。

台所から包丁を持ち出し、自分の部屋で手首を切った。看護学生のため、医療の知識はあり、一発で死ねるように太い血管を思いっきり切った。

噴き出るように血が出たのを確認し、これでやっと死ねると感じただけで心が楽になった。

そのまま血を流しながら意識を失った。

何時間ぐらいたったかわからないが、ふと目がさめた。やっと地獄にでも行ったかと思っていると、見たことのある景色が広がっていた。

「あれ？　まだ死んでへんやん。なんでや」と思い、もうろうとしたまま車に乗った。このまま出血多量になるのを待つのは嫌だったし、いっそのことどこかに突っ込んで死のうと思ったからだ。

車を走らせていたら電話が鳴った。血だらけの部屋と包丁を見たおかんからだった。

ずっと無視をして走り続けていたが、しつこく鳴り続ける。

まっ、最後だし、迷惑ばかりかけてきたから少しぐらい話してもいいか、なんて思い電話に出た。電話越しでおかんはひどく泣いており、

「どこにいるの。何よ、これ。まだ死ぬには早い」と言った。

僕は、「もう死ぬしか道はないんや。ごめんな、今まで」と言い、電話を切ろうとすると、

「あんたは私にとって、たった一人の子どもなの。あんたがいなくなったら、私はどうすればいいの」

おかんの言葉で、僕は、死ぬことを思いとどまった。


車で家に戻る頃には運転席が血まみれで、意識も飛ぶ寸前だった。家に着いた時には出血量が多く、パトカーが止まっていたのまでは覚えているが、すぐに意識を失った。

気づいたら病院にいた。手首を見ると包帯を巻かれていた。どうやら傷も深かったらしく、縫ったらしい。

そばにはおかんがいた。

「つらいけど、一緒に頑張って生きよう。おかあさんも頑張るから」と言われた。

自分がした行動の申し訳なさ、裏切ったのに優しくしてくれたことに涙が止まらなかった。

意識がはっきりとしてきたため、入院はせずに、その日のうちに家に帰った。

おとんは心配している様子はなく、

「死にたい奴は別に死ねばいいいんじゃないか」と真顔で僕に言った。

ある意味男の娘

借金を返すために、ミナミのある意味有名な風俗店で風俗嬢として働き始めた。

というのも、いろいろな風俗店で面接をしたが、胸もない男性化していた僕を雇ってくれるお店はなかった。

そんな中、ある特殊な風俗店をサイトで発見したのが働くきっかけとなった。

恐る恐る電話で連絡をして事情を話した。今までそのようなキャストはいなかったらしいが、店長が興味をもってくれて、すんなり採用となった。

どんな子でも受け入れるのがモットーの店だったので、いろんな人が働いていた。

店長からは、「胸はなくてもよいが、せめて女性的な可愛い恰好をしてほしい」ということが採用の条件だった。トランス移行中であり、かなり抵抗感があったが、他を探す気力もなく、お金を稼ぐために了承した。

待機室ではいろんな子がいたが、僕自身の存在を知られたくない思いもあり、なるべく会話をしないようにしていた。

客は男性しかおらず、年齢層も高く、むしろコアな客が多かった印象。お金のために働いてはいたが、指名が入るたびに嫌悪感MAXであった。

若干化粧もしていたし、あえてボーイッシュな服装を選んで着ていたため当時の友人たちには誰一人として話しておらず、なんとしても隠し通したかった。すべてはお金を稼ぐためと思ってはいたが、トランス移行中に女性というポジションの中、風俗店で働くことに理解を示してくれる人は絶対いないと思っていたし、最悪の場合、当時共感できる状況にいた唯一のFTMの友人たちですら、僕自身の生き方を否定されると思っていた。

仕事が終わるたびにトイレで吐いた。体を触られるのも気持ちが悪かったし、自分自身がお金で買われることや、誰にも理解されないことが耐えられなかった。

誰にも言えない秘密をもったまま働いた。体が商品であるため、リストカットをして傷つけることはできなかった。

当時はすごく病んでいたし、本当に辛かった。稼いだお金を数えたり、通帳に貯まっていく金額だけを直視していないと、生きることにすら逃げ出したい気持ちでいっぱいだった。

日々をごまかしながらなんとか目標の金額に達し、お店を辞めた。

二人目の恩師

波瀾万丈《はらんばんじょう》な看護学生時代、僕は本当に不真面目な学生で、授業にもほとんど行っていなかったし、テストの点数も悪かった。赤点もほとんどの科目でとっていたし、Sのこともあり、看護師の道すら諦めようと思っていた。

しかし、通っていた短大のある教員との出会いにより、看護師になって、ちゃんと胸を張って生きられる人生にしたいと思った。

その先生は、僕がもう人生のリセットなんてきかないと諦めていた時に現れた。芸能人でいうと米倉涼子さんみたいな顔で、はっきりとした性格をしている。なぜかダメな僕にその先生は力を入れてくれた。

その先生から、「あなたを絶対見捨てない」と言われたことがある。

僕は、その一言にかなり救われた気持ちになった。

お金を返すためにバイトに明け暮れていた僕は、寝る時間もなく、空いた時間は学校へ行かずに家で寝ていたり、学校に行ってもウトウトしていることが多かった。

他の先生の授業では爆睡をしていても存在すら無視をされていたが、恩師の授業ではなぜかいつも僕を起こすよう仕向けてくることがあった。

学校に行かないと、恩師から、びっくりするぐらい電話がかかってきた。

「何してるの？　おはよー。早く学校においで」と鬼電の嵐。

その先生は僕のストーカーだと思っていたが、自然と嫌ではなかった。他の学生たちにも、何で僕に執着するのかわからないと言われていたが、しつこくまとわりついていた恩師のおかげで僕は心を改めようと思ったし、どんなに辛くても頑張ろうと思った。

同級生は百名いたが、その中で何名かは挫折し学校を中退していた。そしてあやうく僕も中退の仲間入りをするところだった。

しかし、なぜ何の取り柄もない僕をそんなに気にかけてくれたのか、今でも不思議だ。

学生三年目はバイトをする時間なんてないほど忙しく、ほとんどが実習だった。成人看護から母性・精神・小児と、あらゆる科に約二週間〜三週間程度、僕を含む五人のグループで、ローテーションで回った。日々勉強や記録を書くのも大変で寝る暇はなく、風呂へ入る時間も惜しんで記録を行い、いい時で約二時間程度の睡眠を繰り返していた。

毎週水曜日だけは実習がなく、学校に登校し国家試験に向けての勉強や次の実習に備えての勉強会だった。約半年程度で実習は終わり、国家試験に向けて各実習班ごとに分かれて担当の先生が割り当てられ、国家試験に向けての取り組みがなされた。

運がよく、恩師が僕の担当だった。スパルタな部分もあったが、とてもお茶目で愉快な人であり、僕も徐々に心を開いていった。

模擬試験でも僕の点数は悪く、校内のテストの順位だけでも国家試験に落ちると言われていたぐらいだ。

でも、恩師がアホな僕を見放さず、毎日いろんな科の勉強を教えてくれた。僕自身も恩師の期待に応えようと、かなり努力をしたし、仲の良い学生の友人達と数週間勉強合宿をしていた。

国家試験前日は緊張と不安で結局寝られず、朝までひたすら勉強をした。

今まで迷惑をかけてきた両親や、僕のために力を尽くしてくれた先生の期待に応えたかった。


看護の国家試験にはボーダーライン（合格基準）というものがあり、毎年合格発表の日に厚生労働省から発表される。そして、必須問題（全五十問）は八割以上が必須、一般問題（全百三十問）＋状況設定問題（全六十問）は毎年ボーダーラインに変動がある。ちなみに以前、ＬＧＢＴについての状況設定問題が出題された。

毎年合格のボーダーラインに変動はあるが、平均点数があるということは、必然的に落

女子短大時代（卒業式の日）

ちてしまう人がいるということだ。

しかも試験後一か月後程度しないと合否の発表がされないので、試験が終わっても安堵感がなく、ドキドキが続いたままでいた。

僕は落ちたと思っていたし、まず必須問題で八割取れている自信がなかった。

三月末に合格発表があったが、ほとんどの人は先に就職先を決めているので、落ちた場合、そこの病院に就職できるかは要相談になるらしい。不合格だった友人は就職先が決まっていたにもかかわらず、看護師免許が取得できなかったことを理由に病院から就職を断られたそうだ。

発表までの期間は恐怖で気持ちが押しつぶされそうになり、僕は耐えられずに壁を殴りまくり、血だらけのまま恩師の元へ向かった日もある。結果が出ていないにもかかわらず、僕はひたすら「落ちた。あんなに頑張ったのに」と嘆いていた。

恩師はそれを優しく受け止め、挫折の話をしてくれた。どんな人にでも挫折をする瞬間があると。でも、挫折をするのは悪いことではなくむしろチャンスである、と僕に伝えてくれた。

今でも嘆いていた自分が恥ずかしくなるが、恩師のおかげで、ギリギリではあるものの無事合格をすることができていた。

二〇一〇年、晴れて僕は看護師免許を取得し、看護師になる夢を叶えた。

しかし、その道は決して簡単なものではなく、自分の努力だけでなく、恩師や親の支えで勝ち取ったものだと僕は思う。

心の底から感謝の気持ちを伝えたい。

ありがとう。

◆ちょっと一休みプチコラム◆

刺青への思い

実は僕には、両腕と背中と前胸部に刺青が入っている。

初めて入れたのは十九歳の時だ。きっかけは学生時代の頃に知り合った人から「彫師」を紹介されたことだった。

初めは太陽のトライアングルを左腕に入れた。太陽みたいに明るく強い心を持ちたかったからだ。自分を押し殺し偽り続けた十九年を、これからは太陽みたいに明るく、気持ちを押し殺さず生き続けたいと思い、入れた。

二十歳で自分の干支《えと》の梵字とグリフィンを背中の一部に入れた。それぞれ意味があって入れたものだが、刺青を入れることで強くなれる気がしたし、決して忘れてはいけないことを体に刻むことで初心にも返ることができ、年をとってもその出来事を思い出せるようにしたかった。

職業柄、刺青を隠すことが多かったり、スーパー銭湯や公共施設でも刺青が入っているることで利用できないなどの不便や肩身が狭い思いをすることはあるが、刺青を彫ったことを後悔したことはない。また、意外性があるのか、僕が刺青を入れていることを知った時にびっくりする人も多い。海外では刺青はポピュラーとされているが、日本ではまだ偏見や差別的な感じをもつ人も少なくない。

Ⅶ　第二の人生

トランクスデビュー

女性用の下着を卒業したのは実家を出てからだ。

一人暮らしをするまでは親にバレないよう、夜な夜なおとんのパンツをこっそりとはいた。おとんのいかしていないパンツだったが、トランクスをはいているだけで、とてもウキウキした。

実家を出て、親の目が離れたことをいいことに、十九歳の春、男性用のパンツを買いに行った。当時、顔が中性的であり、一人で買う勇気もなかった僕のことを気遣い、当時の彼女、Aちゃんが一緒についてきてくれた。

男性用下着を初めて買ったのはユニクロだった。その次がしまむらだった。無地であり、オシャレとは程遠いが、僕は男性用をお店で購入できたこと、そしてこれからは親の目を気にせず自由にトランクスがはけることが嬉しくてたまらなかった。

その時から自信がつき、男性用の衣服を買うようになった。初めは店員に女性体型がばれないかとか心配な部分もあり、店には入らず、店の入り口付近で服を吟味し、店員に声をかけられる前にレジへ行き服を購入していた。店の人からすれば、かなり不思議な客だったと思う。

お店で服を選ぶ時に経験したことがある人も多いと思うが、お店に入ると必ずと言っていいほど店員が話しかけてくる。お人好しの僕は、あしらうことや冷たい対応ができず、話し込んでしまうことが多かった。そして、どこの店に行っても、話していると大抵、「男の子だと思ったけど、女の子だったのね。ごめんなさい。今日は彼氏に服のプレゼントですか？」と言われる。

悪気はないとは思うが、この言葉、僕にとってはナイフが心に刺さったように結構グサッとくる。

ナベシャツデビュー

胸のふくらみを隠す「ナベシャツ」という便利なグッズがあることを十八歳で知った。加圧されたタンクトップとして考えるとイメージがつきやすいと思う。

Bカップ程度あった僕は、胸の膨らみが嫌で、ネットで購入したナベシャツを愛用していた。寮暮らしも一人暮らしみたいなもので、男性用の下着や、ナベシャツを人の目を気にせず洗濯できた。

ただ、ナベシャツの場合、締め付けが強く、着用するだけでもすごく大変で時間がかかった。また、夏は蒸れるため汗疹《あせも》に悩まされた。

今では胸だけを潰せるようなものもあるようだが、当時は分厚くて値段も高く、安くても五千円程度、良いものになってくると八千円もした。学生でお金がない僕にとって、買うだけでも結構苦労した。

また、乾燥機にかけると縮んでしまうため、天気の良い日を見計らい天日干しするしかなかった。

ただ、あとから聞いた話だが、胸を潰しすぎることでおっぱいの形が崩れたり、垂れてしまい、胸の手術をした際に乳首や乳輪の位置が左右違ったり、不自然な仕上がりになってしまうこともあるそうだ。

男装服装

チビなため、服装にはいつも困る。お尻や骨盤を隠し、安産型な体型が出ないよう補ったり、撫で肩がばれないように肩パットを入れたり、女性らしい体を気づかれないように昔は様々な工夫をしていた。低身長であることがばれないようにぶかぶかの靴に五センチ以上の厚底を入れたり、シークレットブーツを買ったりしてごまかしていた。しかし、サイズが合わない靴や厚底をすることで足の疲労感がたまりやすいし、長年それを続けてきたせいもあり、外反母趾にもなりかけている。

服のサイズに関しても、メンズものは僕には大きく、XSがちょうどよいのだが、昔は男性用のXSはほとんどなく、女性用でボーイッシュなものかキッズ用を着ていた。お洒落には程遠かったし、XSの服を好んで着る場合、自然と若めな雰囲気になってしまうことが多かった。

女性から男性トランス後の社会へ

女性から男性になったことで二度美味しい人生経験をしたと思っているが、やはり、どっちも経験しているからこそわかることがある。

まず、女性を弱者として見ている男性が多い気がした。僕が女性時代には、仕事で多少のミスをしたり何かやらかしたとしても、男性からひどく責められたりすることはなく、むしろできなくて当たり前、なんて感じで対応されていたが、男性になると、多少のミスでも許してもらえなかったり、強い口調で「男なのにこんなこともできないのか」なんて言ってくる人もいる。

またレディースデイで公共施設の利用が安くなったりと、女性だからこそ特をする料金割もある。そして女性専用の部屋やトイレは割と小綺麗にされていることが多い印象だ。

また、ＦＴＭの先輩には、元女とばれないために気をつけることを、細かく分析した結果を教えてもらった。

まず「思い切り口角を上げて笑うな」。笑顔で女性だとばれてしまうことが多いらしい。そして「荒々しい口調で話すこと」。もうひとつ、「両肩を思い切り振りながら、がに股気味で歩くこと」。

しかし生まれつきの、女性特有の小さな手足や、なで肩や、肩幅の狭さ、安産型の骨盤をカバーすることは難しかった。

僕はどっち？　トイレ問題

ジェンダー別に分かれているトイレはすごく入りづらい。

パス度によって、望むトイレに入れるかが決まってくるところがある。

「パス度」というのは、見た目がどれだけ望む性に他者からみて見えるかということである。

トイレの場合、本来であれば出生時の性別のトイレを使用することが一般的であるといわれている。

しかし、僕の周囲にいるトランスジェンダー達の場合、出生時側のトイレを使用することに嫌悪感を抱いたり、片や望む性別側でのトイレを使用すると、使用している側から奇異な目で見られることも多いため、あえてトイレを我慢したり、多目的用トイレを使用する人もいる。

僕の場合も、幼少期から女子トイレを使用することに、なんとなく嫌悪感があった。

彼女や女友達と遊んでいる時でさえ、同じトイレ側を選択しなければいけないことが嫌で仕方がなかった。自分が女であることを自分自身が自覚しなければいけないとともに、彼女や女友達にも認識させるきっかけになってしまうからだ。男として扱ってくれている人達の前で女子トイレに入ることには抵抗があり、治療をしていない時やトランス移行中はよくトイレを我慢した。

学生時代も、女性グループでの連れションが嫌で、よく授業中に抜け出して行ったり、チャイムが鳴り終わるぐらいに駆け込みで行ったりもしていた。

ましてや中性的な時期は、女子トイレに入った時に、おばちゃんとかに「男子トイレはあっちやで。ここは女子トイレだからあんたはあかんで」なんて言われたり、僕の顔をトイレの入り口で見た瞬間に、驚いた様子でトイレの表示を何回か見直す人もいた。毎回の反応に憂鬱な部分も多かった。

僕が平然と男子トイレに入れるようになったのはここ数年前からである。デビューのきっかけは、お酒の力を借りながらＦＴＭの友人と連れションで利用した時だ。しかし、現在でもそうだが、たまに男性トイレに入った時に、おっさんに「あれ？　ここは男子トイレやで。間違ってるで」なんて言われることもある。僕自身も言われたらムキになる方なので、「男の子です」なんて言い返したりもするが、聞かれるたびに凹んだりもする。

そして女性特有の生理が来てしまうと、男性トイレに入った際にナプキンの交換ができず、困ったこともあった。

ある意味、トイレはどんだけ自分が移行する性にパスできているかを他者に判断してもらう場所でもあったりする。

そして、立ちションができない僕にとって、男子トイレの個室の数が少ないことやトイレが汚いことが苦痛でたまらない。男性トイレの個室は汚いことが多く、特に駅のトイレや公園のトイレなどは便が流れていなかったり、和式の場合は便器の外に例のブツがついていたり、トイレットペーパーがつまっていたりと、見た瞬間に吐き気と気分不快を伴うようなところが多い。

以前、プラスチックでできた「立ちションヘルパー」なるものを購入し、試したことがあるが、ズボンを下げて尿道の位置に合わせるのが大変なのと、使用後、それを人前で洗えないため、アンモニア臭がするのが大変だった。

エピテーゼという、体の表面に取り付ける医療用具があり、自分に合ったシリコン製のペニスを作ることができるのだが、完全オーダーメイドのため、大体二十~四十万円程度かかるそうだ。スタンダード、セックス用、立ちション用と種類も様々で、とても自然な感じにはなるのだが、値段が高くてやめた。

また、男子トイレの個室は大便で使用することが多いので、一旦入ると時間を要する人が多く、その待ち時間も長い。立ちションを終えて手を洗って出て行く人たちにジロジロ見られるのも苦痛の一つではあるが、最大の苦痛は、便をし終わった人の後に入ることだ。用を足すだけだが、便臭が漂う中でおしっこを出すのはかなり気分が良くない。

男子トイレの唯一のメリットは、女子トイレみたいに行列を作らなくてもスムーズに用を足すことができることだ。しかし、個室が一つしかない男子トイレも多く、タイミング悪く先に入られてしまうとかなり待つ羽目になってしまうので、余裕をもった行動をしなければ大変な思いをすることもある。

女子トイレと男子トイレの両方のトイレを使ったことがあるからこそわかることも多いが、女子トイレの方が綺麗で安心して便座に腰を据えられる。

多目的用トイレを利用した場合には、特に子持ちの親から白い目で見られることがたびたびある。向こうからしてみれば、何であんな人が利用しているんだろう、男子トイレを使えよと思っている可能性が高いと思うが、誰でも使用してよいとなっているのに、そんな目で見られることがトイレを使用するうえでの苦痛の一つではある。

また、実際に多目的用トイレから出てきた瞬間、「あなたは健常者でしょ。まだ若いしこんなとこを利用するな」なんて、主婦らしき人に言われたことがある。

海外では、男女別になっていない個室ばかりのトイレや、ジェンダーフリーと記載されたトイレもあるようで、日本でも早く、トイレが、誰もが安心して気持ちよく入れる場所になればと思う。

トランス移行途中

性同一性障害の診断が下り、治療に進んだ。しかし、外見が中性的であるものの女性時代の僕を知っている人からすれば、男性に移行する段階で僕の取り扱いに困っただろうと思う。

ホルモン注射の効果はすごく、打ち始めて三回目ぐらいで生理が止まり、徐々に声が低くなった。そして、筋肉質になって男性化が進んできた。それも一、二か月で変化してきたため、女性として僕に接してきた人からすれば、呼び方や接し方に困るのが手に取るようにわかる。

古くからの友人とトランス移行中に遊んだことがあるが、呼び方に困っていたし、僕も以前の、女性のカテゴリーだった時の自分のように接することができず、何か後ろめたさがあった。

また、面白いのがトランス移行をする途中で本当の友人か友人ではないかがはっきりわかるところだ。カミングアウトを行い、最初は、

「へえ、そうだったんだ。苦労したんだね。私はどんなにともちゃんが変わっても引かないし友達だから」

なんて話してくれた人に限って、僕の前から去るのも時間の問題だったことが多かった。逆に、「え。どういうこと。治療をしてどうなっていくん」なんて深く人のデリケートな部分に入り聞いてくれた人の方が、今でも友人であったりする。

移行時期は友人がバッサリ分かれた時でもあり、僕の人生も変わった時であった。

また、一番困ったのは家族だ。親には反対されながら治療に進んでいくことを押し切って行ってはいたのだが、祖母や祖父、親戚一同には話していなかったため、実家に帰るたびにマスクをつけ、変わりゆく声に風邪をひいているというキーワードを用いたり、中性的な服を着たりして接していた。

だが、その嘘も長くはもたないが、有り難いことに、田舎ということや高齢者が多いこともあり、性同一性障害の言葉や治療について知識のある人はいなかった。だからこそ当時は、疑われたりすることはなかったが、とても変わった変な人だとは思われていたと思う。

僕は男性化が進むにつれ、親への申し訳なさ、近所での噂、親族に気づかれるリスクを考え、実家に帰るのを一時期控えたことがあった。

また、男性化したことを試すために、用事もないのに繁華街を歩き、キャッチに「お兄さん、いい店あるよ、遊んでいかない？」と言われたいがため、よく行っていた。

他者から男性として見られ、扱われることがとても嬉しかった。無料案内所に入り、男として扱われることを楽しんだりもした。

男性ホルモンを注射してからは、みるみるうちに男性化していった。しかし、副作用で体がだるく一日中寝ていることや、顔中にきびだらけになり、人目を気にすることや、ジェンダークリニックに定期的（当時二週間～三週間に一回）に通い、注射を打つよう医師に言われていたが、遠方なことや自費のため費用が高く（三千円程度）、毎月定期的に打てないことも多かった。

Ⅷ　トランス男性の行く末

さよならおっぱい

二十歳の時、岡山の病院で乳腺摘出術を行った。

今は条件を満たせばＧＩＤ保険適用になるが、当時はＧＩＤの治療はすべて保険適用外であり、自費である。面白いことに、胸の大きさによって手術費用が異なる医療機関がある。小さければ小さいほど費用も術式も負担がない。僕の知人で胸が小さく、手術をせず筋トレにて胸筋を作り、見事に男らしい胸を手に入れたエピソードなんかもある。

僕はＢカップほどであったが、ナベシャツで胸を潰していたせいで少し垂れていた。垂れていると乳首の位置を修正しなければいけなかったり、乳腺を取るだけでなく、余分な皮を切ることも求められることもある。ＧＩＤの胸オペをしているいろいろなクリニックに問い合わせをして費用を見積もってもらい、術式を検討した。

乳腺摘出術式パターンは、U字切開、T字切開、I字切開、O字切開。術式により術後の見た目も異なる。

クリニックにもよるが、胸の写真のみをとってそこのクリニック宛にメールで送り、医師が費用を見積もってくれる場合もある。クリニックや病院によって相場が異なるが、当時で大体三十万〜八十万程度。この大きな費用の違いは、入院する場合や、日帰り等のプランや、手術方法による。手術自体は三、四時間で終わるため（個人差あり）、日帰りで行っている機関がある。クリニックの場合、術後近隣のホテルに泊まり、夜間何か問題があれば医師に電話をかけるよう説明があり、ドレーンバッグ（創傷部にたまった血を排出するために用いる排液管とバッグ）を両方の胸部からぶら下げて胸バンドをしてホテルに帰るというスタンスだ。

以前、胸オペをしているクリニックでバイトをした時に、実際に胸オペの介助についたことがあるが、衝撃的だった。

そこのクリニックでは、胸の大小にかかわらず、ほとんどが乳輪に沿ったU字切開術であった。乳首や乳輪自体を小さくしたい場合に関しては、希望をすればあとから修正もできる。

クリニックの一室で手術は行われるのだが、医師と看護師二名のみで施行される。まず患者に全身麻酔を行い、膀胱留置カテーテルを入れ、いざ開始。乳輪をU字に切って、脂肪と乳腺を取るのだが、皮膚の焼ける臭いがすごい。焦げ臭いというレベルではない。

看護師は内回りと外回りがいて、内回りは清潔操作を行う。おもに機械出しや、医師の介助に付く。メスを渡したり、吸引器で術中に創部から出ている血を吸引したり、ガーゼを渡したりする。外回りはオペ中の記録を紙に書いたり、必要物品を取ってきて内回りの看護師に渡す。

約三時間立ちっぱなしで、皮膚の焼ける臭いが続くのだが、自然と臭いには慣れてくる。そして時間もたくさんあるので、オペ中には医師や看護師とたわいもない会話もしたりする。

オペ後には患者のふくらんでいた胸がきれいになくなり、ペタンコになっているため、感動した。上手に中身だけ抜き取り、終わったら術痕がぱっと見てもわからないぐらいきれいに縫い合わせる、その医師の技術はすばらしかった。

僕は岡山市内の病院で手術をしたが、一週間の入院費込みで六十万円だった。一年待てば系列の病院で、三十万程度で同じ条件で手術をできたのだが、すぐに胸をとりたかったため、学校の長期夏休みに入院。当時はローンでの支払いはしておらず、一括現金払いだった。当時二十歳だった僕がそんな大金を持っているはずもなく、寝る間も惜しんでバイトをしていたが、それでも足りず親にお金を借りた。

今まで病気で入院もしたこともなければ手術もしたことのない僕が、これから手術をするなんて変な気持ちだった。身体自体は健康なのに……。お父さん、お母さん、ごめんなさい。おかんが頑張って産んでくれた健康な体にメスを入れることを、心の底で両親に深く詫《わ》びた。その反面、この膨らんだ胸がなくなることへの喜びもあった。ドキドキしながらストレッチャーに乗って手術室へ。

マスクをされ、麻酔の入った煙を吸った。だんだん意識が朦朧《もうろう》となってきて、僕は深い眠りについた。

どのくらい眠ったかわからないが、激痛で目が覚めた。上半身が焼けるように痛い。痛くてうまく体を動かすことができない。ふと見ると、両側胸部に血が体内に溜まらないようにするためのドレーンが入っていた。陰部にも違和感があり、恐る恐る見ると、おしっこの管が入っていた。手をあげること、起き上がることが一番痛みが強くつらかった。痛みを我慢して胸に手を当てると、ふくらみがなくなっていた。その時の嬉しさを、今でも覚えている。

手術後、定期的に創部のガーゼの浸出液量の程度確認と、ドレーンのバッグに溜まった血の量を測りに看護師が来た。僕は術直後より三日間程度三十八度台の熱が出て、痛みと高熱とで心が折れそうになった。この時、人生で初めておしっこの管を体験したのだが、管が入っているにもかかわらずおしっこがしたい気持ちに悩まされた。

あと、おしっこの管を清潔に保っておくため（不潔にしていると尿路感染などのリスクがある）に陰部洗浄というものがあったのだが、看護師二名がベッド上にオムツを敷き、僕の股間や管周囲の汚れを石鹸で洗い流すといった、拷問みたいなことがすごく嫌だった。まじまじ股間を見る看護師もいて、恥ずかしい気持ちもあった。

四日目におしっこの管が抜けた。そしてなんとか起きて動けるようになった僕は、胸のバンドを外し、自分の潰れた胸を鏡で初めて見た。今まで付き合ってきた膨らんだ胸がぺったんこになっていたことが嬉しくて、声をあげて泣いていた。

七日目、抜糸を行い無事退院した。実は手術のことは親に話していたため、なんやかんやで洗濯した服を持ってきてくれたりした。退院日も車でおかんとおとんが迎えに来てくれたが、胸の手術の件については一切触れてこなかったし、話題を避けていた。きっと頭では理解しようとしてくれているけど心が追いついていないのと、両親も僕とはまた違う傷を負っていたに違いない。

術後、重いものを持ったり、手を上げたりする運動制限は約二週間程度と言われ、胸バンドを常に巻いておくよう説明された。幸いにも異常出血や血腫形成、創感染や皮膚壊死、乳頭・乳輪壊死などの合併症の併発はなかったが、乳首や乳輪周囲の感覚はほとんどなく、最近やっと、徐々にだが戻ってきた。

女だらけの世界

僕がまだ中性的だった頃、仲のよかった友人とガールズオンリーのクラブイベントに行ったことがある。当時大阪で年に二回行われていた大人気のイベントである。

参加者は女性のみだが、そこにも個性があり、化粧をしている人、ボーイッシュな人、パンク系な人など様々であった。

女だらけで異様な光景ではあったが、時折僕みたいな中性的な人もいた。ただ男よりも男っぽく振る舞っている人が多く、荒々しい言葉を使用したり、肩を大きく振りながら歩いてみたり、喧嘩っ早かったりと、見ていてあまりにも不自然すぎて面白かった。

カップルらしき女性客もいて、隅っこでイチャイチャしたり、キスをしている人もいた。

僕の友人は中性的なオラオラ系に喧嘩をふっかけられていたが、肩がぶつかった、目が合った時に睨《にら》んだとか、かなりしょうもないことだった。

クラブハウスにはステージがあり、そこではＧｏＧｏガールたちがポールダンスをしており、みんなチップ（お金）を好きなスタイルで渡していた。僕もいざ勇気を振り絞って、タイプだったＧｏＧｏガールに近づき、一枚は胸の谷間に挟み、もう一枚はチップを小さく折りたたみ、口に加えて渡したこともある。

ガールズオンリーのイベントではあったが、性自認が男性の僕にとっては、ちょっと異空間ではあったが、貴重な体験であり、楽しかった。また、クラブは夜から朝方までなので日の出を見ながら帰ることになるのだが、泥酔している仲間と一緒に奈良まで電車で帰るのが楽しくて仕方がなかった。

関西でクラブイベント開催

二十二歳の頃、大阪のミナミでクラブイベントを開いたことがある。

昔から何かアクションをしたい思いが強かったし、現にトランスジェンダーが出会う場所も当時はほとんどなく、掲示板か、職場や学校が偶然一緒でお互いにカミングアウトをしていた場合の出会いしかなかった。

スタッフは僕を含め六人で、うち三人はもともとの友人（トランスジェンダー二人とレズビアン一人）であり、他二人は掲示板で募集し知り合ったトランスジェンダーであった。

ナイトクラブイベントとして十九時頃から終電ぐらいまでの時間、クラブを借りてやってみた。トランスジェンダーと女性を対象に、出会いの場を提供することを考えて広報していたが、当時はトランスジェンダーという言葉すら知らない人が多く、道端でチラシを配っても、「トランスジェンダーとは……」から説明しなければいけないことも多かった。

トランスジェンダーの友人たちの場合、付き合う前に好きな相手にカミングアウトをする人が多い。その理由としては、嘘や偽り、裏切るような行為をしたくない、望む性での対応をしてほしいと様々である。ただ、そこで理解が得られないと次の発展は難しい。

僕の場合、恋人を作ることはとてもハードルが高かった。まず自分のことを説明し、受け入れてもらったり理解をしてもらわないと、長く友好関係や深い関係を作ることは困難だし、カミングアウトをすることすら勇気がいることだから、神経がすり減るような思いが多い。実際に僕のような気持ちの当事者の友人も多く、今回の企画をすることにした。

当日はなんと六十九名が来たが、女性の参加人数は少なく、二十人にも満たなかった。FTMトランスジェンダーが八割、女性二割程度だった。

しかし、イベントは大盛況で、特にお客同士が揉めるわけでも、必要以上にナンパをするわけでもなく終わったため、僕自身にとっても良い思い出となった。

当時付き合っていた彼女も友人たちを連れてきてくれて、その友人たちも僕たちに普通に接してくれたこと嬉しく思った。少しでもトランスジェンダーについて目を向けてもらい存在を知ってもらうこと、そして当事者同士が直接関われる機会を作ることは大事だと思った。

パーリーピーポー

僕は大学生時代、遅咲きヤンキーっぽいことをしていた。もともとチビで童顔という外見がコンプレックスであり、なめられたくない一心でアウトローを目指していた。当時、ネットで出会ったFTM当事者と仲良くしており、その子もアウトローであったため居心地がよく、ほとんど毎日一緒にいた。

いろいろと悪いことをしてきたのだが、一番の懺悔はシンナーである。十代で初めて行った経験の一つではあるが、そもそも経緯として、その仲の良かった子の友人がシンナーを持っていたのだ。今ではほとんど入手が難しく、手に入りにくいものと聞いているが、当時もシャブがすぐに手に入ったのに対し、シンナーはなかなかお目にかかれない品物であった。

僕たちが試したのは特に質の良いシンナーだったらしく、相場がよくわからないが約五ミリリットルに対し五千円で売ってもらった。小さめのビニール袋に少量のシンナーを入れて吸う。体との相性もよかったのか、吸ったと同時に僕の場合は意識が飛んだ。夢を見たわけではないが、空でも飛んでいるかのような気持ちの良さだった。

そして、正気に戻ってきた時にはなんと四時間以上は経過していた。友人もラリッている状態であり、会話も成り立たなければ夢か現実かすらわからなくなっていた。ただ、現実逃避できる、何も考えないでいい世界に、僕はある意味居心地の良さを感じていた。

シンナーは売ってもらった量だけでやめたのだが、やめてすぐに幻覚を見たり、現実か夢かわからなくなったり、授業中に涎《よだれ》を垂らしながら机をかじっていたこともあった。シャブも勧められたことがあるが、漫画やドキュメンタリーでシャブの怖さを知識としては知っていたので手は出さなかった。

悪友と呼べる仲間がいたからこそ、僕は女子校に嫌でも通って行けたし、毎日一緒に過ごすことで安心感があった。

Ⅸ　性別越境

学校卒業から入職までの経緯

いよいよ女子短期大学卒業の時が来た。僕は嬉しさと興奮で胸が高鳴った。と同時に、卒業するのが「女子校」という名前には複雑な気持ちがあった。

また、卒業式の日は他の学生の親も来るため、振り袖ばかりの中で、正直スーツを着て卒業式に出ることは怖かった。その理由として、男性化した僕を見た時のいろんな人の反応である。

案の定、浮いた僕の存在を奇異な目で見る人や、女子校なのに男子らしき人物がいると不思議そうにしている人、僕とすれ違った際に二度、三度振り返る人もいた。最後だし、好きな恰好をしたいと思っていたのとは裏腹に、卒業式に出席してくれた両親に申し訳なく思った。

入職への道

見た目と戸籍上の性別が異なることで、就活にはとても苦労した。履歴書には男女記入欄があり、必然的にどちらかを選ばなければならない。それがかなりの精神的苦痛だった。就活時、自分で男性用スーツを買う勇気もなかったため、女性用のスーツと靴で面接へ向かった。

せめてもの抵抗として、履歴書にはあえて男女の性別欄には丸や記載をせず、備考欄に「性同一性障害であり男性として働きたい」と書いた。しかしLGBTや性同一性障害という言葉すら浸透していなかった僕の就活時代は、一からその話をしなければならないことが多く、じっくり履歴書を見ながら話すというよりかは、GIDについての説明をすることが多かった。

また面接官に、

「この性同一性障害とはなんですか？　男女の性別欄に○がついていないですよ」

などと聞かれることもあり、自分の性自認についてカミングアウトを行い、望む性（男性）として勤務できるか相談した。

GIDに関し興味本位で深く聞いてくる面接官はいたが、前例がないため対応の仕方がわからないと、採用不可にされたこともあった。また、事前に電話にて就職したい病院にカミングアウトをしたこともあるが、よくわからない変な人というレッテルを貼られ、面接までたどり着かずに不採用となったこともあった。

女性として面接を受けて就職を試みれば、きっと受かる可能性も上がるとは思ったが、もう女性としての扱いをされることに我慢しながら生活していくことは精神的に限界だった。また、在学中に戸籍変更以外のことは済ませ、トランスした状態で社会に出ようと準備していたが、面接でここまで苦労するとは思っていなかったため、反動が大きかった。

面接で落ちたり、受ける前から断られたりするたびに落ち込んだ。

恩師に相談し、実習先であった病院での面接を提案された。しかし、前向きな気持ちになれず、

「まただめだろうな。どうせ落とされるんだろうな」

と、面接しても不採用になる確率が高いというネガティブな考えしか出てこなかった。

ところが逆に結構反応や対応も良く、面接官は僕自身の話を真剣に聞いてくれた。

後日、郵送にて採用か不採用かの通知が届いた。

ドキドキしながら手紙を開けると、なんと採用だった。

僕は嬉しくてすぐに恩師に電話をした。

そこの病院でも前例がなかったため、入職前に何回か病院に出向いて看護部長や副部長と話をした。ジェンダー別の服装や更衣室やトイレ、男女の記載があるものに関しての取り扱い等、いろいろと話し合い、相談を繰り返した。

また、第一希望の科を耳鼻咽喉科にしていたのだが、看護部長より、「救急で働いてみない？　あなたは向いていると思うわ。正義感も強いしDMATを目指してもいいかもね」と言われた。

救命救急はもともとは興味があったし、人からそう言ってもらえたことも嬉しかったので、救命救急を選びDMATを目指そうと思った。

「じゃあ、男として入職、そして救命救急センターで頑張りますのでよろしくお願いします」と僕は元気よく伝えた。

就職先がいろいろなことに配慮してくれたこと、相談に乗ってくれたことが心強く、新たな人生のスタートでもあり、自分の持っている力を、最大限その病院に使いたいと思った。

しかし、女性のカテゴリーやレッテルから抜けられることが、心の底から嬉しかった反面、不安や緊張もあった。

新男子社会人

戸籍上は女性ではあったが、僕は男性として、大学病院の救命救急へ新卒で入職した。健康診断の書類や個人カルテ等、僕の性別が記載されているものに関しては、幹部がスタッフの目につかないように保管をしてくれたり、個人用カルテに関しては電子だったので、僕だけがログインできるようロックをかけてくれたりした。

更衣室やトイレに関しても望む性での利用を許可されていた。パス度に自信がなかったため、最初の方は利用することに不安があったが、奇異な目で見る人もおらず、徐々に環境にも慣れてきた。

ただ中性的な顔や太っていたことや、低身長でもあることから、患者さんやスタッフから「あの人、女では?」と噂をされることがたびたびあった。男として社会人デビューをしたにもかかわらず、中性的な見た目のせいで女性というキーワードを過度に気にしてしまうこともあったし、ばれていないか聞き耳をたてて情報収集していたこともあった。

仕事をしている以上、戸籍上の性別をさらされる機会が少なくはなく、配慮はしてもらったものの、日々いつかばれるんじゃないかという不安や恐怖心と、皆に嘘をついているという罪悪感があった。また、同じ学校出身の子も何十名か同じ病院で働いていたため、誰かが僕のことを話して噂にならないかということも心配のタネであった。

就職して半年もたたないうちに、同期とプリセプター（一年間指導してくれる人）にはカミングアウトをしたのだが、どこのタイミングでばれたのかわからないが、医者を含む職場にいるスタッフほぼ全員が知っていることを、入職して一年以内に他者から聞いた。僕は困惑が隠せなかったし、正直嫌悪感と恐怖感しかなかった。

看護師人生

看護師の場合、新人（新社会人一年目）の頃は前述のようにプリセプター制度というものがあり、三年目の看護師がマンツーマンで一年間、教育兼社会マナー的なことのサポートをしてくれた。臨床に出ても勉強しなければいけないことも多く、一年目は仕事と勉強の日々でプライベートはほとんどなかった。

救命救急センターだけあって人の生死をたくさん見てきた。早期発見・対応で救えた命もたくさんあったが、どんなに頑張っても救えない命もあった。病棟で看取ることも多く、誰かが亡くなるたびに隠れて泣いていた。

一年目には宿泊研修があり、僕の職場ではただ変態な研修医が女性看護師に絡んだり口説いたりしながら宿泊をするという、「テラスハウス」に近かった。しかも、その研修は強制参加であり、その時の話をしたいと思う。

行きのバス席はくじ引きで、僕は女性の先輩と隣同士だった。行きの時からお酒が振る舞われ、皆結構な勢いで飲んでいた。目的地に着く頃には酔いつぶれている人までいて面白かった。

宿泊自体は男女で部屋が分かれており、幹部以外にカミングアウトをしていない僕は男性部屋に割り当てられた。この時、どこまでのスタッフが僕の正体を知っていたのか怖くて聞けなかったが、一室六人か七人程度。新人の同期は七人いたが、男は僕だけだったので、研修医と同じ部屋になった。そこではお互いの下半身を触り合いペニスの大きさを比べ合ったり、誰が可愛いとかやれそうとか、そんな話ばかりだった。

研修医とは同性と接している感覚ではあったが、僕には下半身のモッコリもなく、生物学的性になると異なるため、じゃれ合う感覚で股間をさわられる恐怖や、自分自身がここに存在しても良いのかさえ考えてしまった。

お風呂に入る際、他者と上手く時間をずらそうとしたが、時間で動いているためそうもいかなかった。部屋にはシャワーもついていなかったため、選択する手段もなかった。脱衣所で服を脱いでいる際、一人の研修医が、なぜか僕の隣に来た。ばれないかすごく怖かったが、途中まで脱いだ服を着ると不信がられる気がしたので、携帯をいじって時間稼ぎをした。かと言って元女性であることをカミングアウトして女性風呂に入ることは死んでも嫌だった。

その人が風呂場へ行って、誰も僕のことを見ていないことを確認し、ズボンとパンツを一気に脱ぎフェイスタオルを巻いた。しかし僕には悩ましい点がもう一つあった。背中と腕にある入れ墨だ。これも隠さないといけない。下半身をフェイスタオルで覆った後、急いで肩にもう一つのタオルを掛けた。胸オペをして膨らみのない平らな胸を強調させ、バレないように女ではないアピールをしながら、いざ男風呂に入った。

鏡越しに映る研修医たちの動きを見ながら、体を洗った。シャワーだけで済ませておけばよかったのだが、温泉好きの僕は、室内の浴槽と露天風呂に入る決意をした。ここからは僕にとっても刺激的な冒険だった。だが、そのヒヤヒヤ感自体がなんだか面白くもなってきていた。

室内の浴槽には研修医たちがうじゃうじゃいたため、人のいなかった露天風呂に入った。星が綺麗で眺めていると、研修医たちがぞろぞろとやってきた。やばいっと思い、股間がバレないよう足をクロスさせた。入れ墨の入った肩と背中は見えないように、角ばった角にあえて座りカモフラージュした。

なんとかバレずに雑談していたが、出る時も一苦労だ。上半身と下半身を人から目視できないぐらいのレベルで隠さないといけないからだ。そんなマジシャン的なことができない僕は、のぼせそうになりながら研修医たちが露天風呂から出ていくのをひたすら待った。

三十分ぐらい経過しただろうか、やっと出て行き脱衣所に向かっていった。汗をダラダラ流しながら、僕も風呂から出て脱衣所へ向かった。

が、ここでも問題が。次は着る行為が始まるのだが、周囲は研修医だらけであり、いかにバレずに着替えを済ませるかという課題があった。周囲を必要以上に見渡しながら、まずはパンツをはいた。ちゃんと水滴を拭けてない状態ではいたため、なかなかはけずに苦戦。パンツが伸びてちぎれそうになるくらい引っ張り、なんとか股間を隠した。パンツをはけば、もはやこっちの勝利だ。そのあとはゆっくりと体を拭き、扇風機でのぼせた体を冷やして服を着た。

部屋に帰ると、女性の看護師の先輩たちが来ていた。どうやら研修医たちが呼んでいたらしい。結構飲んでいるのかべろべろで、男と女のラブゲーム状態だった。

元女であることがばれることが怖く、居心地の悪さもあったため、僕はカミングアウトしていた同期の部屋にいた。すでに同期の何人かは研修医や指導医の部屋に行っており不在であったが、僕は仲の良い同期に事情を話し、しばらくそこで同期たちと話しながら過ごした。

そうしていると、いじられキャラで男子の輪に上手く入れなかった研修医も、僕が女性部屋にいるのを誰かから聞きつけたのかやってきた。深夜に近づいてきたため、僕たちは自分の部屋に一度は戻ってはみたものの、男女間でのイチャイチャは続いており、居心地が悪く、同期の部屋に戻り、そこで寝かせてもらった。やましい感情はなかったが、当時少しだけだが、気になっていた同期の隣で寝た。

朝になり、朝食を食べて部屋に戻ると、研修医たちが誰とやったとか一緒に寝たとか、別に聞きたくもないようなことを話してきた。個人的な思いであるが、僕はチャラい人は好きではない。真面目すぎるのかもしれないが、「純愛」をしたいといつも思っている。

帰りには三重にあるナガシマスパーランドに立ち寄った。そこでは自由行動で、僕は同じ病棟の同期二名と研修医一名とで行動した。

観覧車にはくじ引きで二名ずつで乗った。偶然ではあるものの気になる同期と一緒になり、嬉しい反面ちょっと気まずさもあったりして、二人だけの空間になるとなかなか思うように話せず、沈黙のままになってしまった。

いろいろとあった研修旅行であったが（もはや何が研修かよくわからなかったが）、僕にとっては男性として初めて行った集団旅行であり、体が女性であるために直面する問題も多かったが、楽しかった。

命の現場

救急に勤めていた頃は忙しかったし、始終気を抜くことができなかった。常に人の生死に直面している場所だからだ。自分の判断が一つでも間違えば、患者さんが命を落とすリスクもある。だからなのか、スタッフにはきつい性格の人が多い。まあ、言うことはきついが、そこに愛はあったと思う。

印象的な患者さんのエピソードを記したいと思う。

Oさんという三十代くらいの男性は、職場で倒れていたところを発見されたが、救急搬送された時には、脳幹出血で意識はほとんどなかった。すぐに処置はされたが意識は戻らず、モニター管理となった。

次の日にお母さんが来院された。どうやら岡山在住らしく、息子のことを聞き、急いで病院まで来たのだそうだ。

僕はプライマリー（受け持ち）ということもあり、そのお母さんと次第に仲良くなった。話を聞くと、Oさんが小さい頃にご主人が亡くなり、女手一つで育ててきたそうだ。お母さんは、毎日朝から夕方まで面会に来ては、息子の顔を拭いたり、手を握ったりして話しかけていた。

　ある日、医師から病状説明をされたのだが、いつ亡くなってもおかしくない、延命治療をするかなどの内容だった。お母さんは暗い表情でそれを聞いていたが、息子がいる個室の部屋に戻り、

「私にはもうこの子しかいないの。この子がいなくなったらどうすればいいの」

と僕に言った。

　僕はどう声かけをしていいのかわからず、無言でそのお母さんの背中をさすった。

　それから数日後、Oさんの病状は急変し、亡くなった。

　朝方の出来事で、ぎりぎりお母さんは立ち会うことができたが、息子の手を握りながら泣いていた光景を、今でも覚えている。

　入職当初から先輩からは、誰か亡くなっても泣いてはダメと教えられてきた。それがプロだからとのこと。僕は必死に泣くまいとこらえていたが、その様子を見ていた先輩が、

「つらいよね。泣いてもいいよ」と僕の肩にそっと手を置いた。その瞬間、僕は泣いた。

　どんなに頑張っても変えられない現実があること、命は尊いものであること、明日生きている保証はないことを改めて知った。

　そのお母さんが元気で暮らしていることを、心の底から願っている。

本気と書いてマジな恋

以前にも書いたが、僕は恋多き奴だ。

実は、入職と配属が一緒だった同期が気になっていた。いつから気になっていたのかは自分でもよくわからないが、その子が出勤をしているだけで楽しい気持ちになれた。

入職して二か月後ぐらいに救命救急科で新人歓迎会があった。救急科は業務が忙しいためかストレスがたまりやすく、酒好きで飲むペースも速い人が多かった。結構な勢いで皆泥酔していった。そんな状況が楽しくて僕もかなり飲んだ。

三時間程度でお開きとなり、二次会へ移動した。そこでも飲むペースは落ちず、皆酒を流し込んでいた。職場のスタッフはお酒が強く、顔色すら変わらない人もいた。その後三次会へとなったが、すでに千鳥足ぐらいになっていた僕は、気になっていた同期とともにさりげなく輪から外れて帰った。

僕は飲み会の場所から家が近かったため時間は気にせずいられたが、同期（以降は「Y」と呼ぶ）は電車だったため、僕の自転車で二ケツをして駅へ向かった。向かう途中、Yも酔っていたこともあり、運転している僕にしがみついてきた。ドキドキはしたものの、Yは容姿がチャラかったし、ボディータッチも多く、飲み会の席でも他の男性と近距離で話していたこともあり、僕はYがいつも男性をその気にさせる行動をしているのではないかと思った。

酔っていたこともあり、Yに思い切って、

「いつも男にそんなことしてんの？」と聞いてみた。

するとYは「違うよ」と言ってきた。僕は、

「だって、飲みの席の時にも他の男と距離が近かったし、仲良さそうやったで。他の人が、あいつは完全すぐやれるでとか話してんの聞いたで」と、勢いで思ってもいないことを言い放った。

そんなこんな言い合っているうちに駅に着いた。

着いた途端、自転車から降りたYは、急に顔色を変えてすごい剣幕で、

「何でそんなこと言うん？　ひどすぎるわ。私はあなたが好きやのに」と言い、泣き崩れた。僕はまさか泣くとは思っていなかったため、

「ごめんね。本当にごめん」と必死に謝ることしかできなかった。終電が近かったため人が多く、僕たちのことを立ち止まって見る人もいた。「今日は帰って明日話そう」と僕から切り出せるような雰囲気でもなく、ただただ時間だけが過ぎていった。

そして、とうとう終電がなくなった。彼女は泣き続けていたが、これ以上駅にいても仕方がないので、

「とりあえず話を聞くから家に帰ろっか。怪しい意味とかではなく……」と話を切り出した。すると彼女は「うん」と言い、再度二ケツをしながら僕の家に向かった。

帰っている間も気まずい雰囲気が続いたため、僕は意を決して自分のことを話してみた。「俺、実は女やねん。嘘ついたり偽るつもりはなかってんけど、なかなか話すタイミングもなくて。こんな時にごめん」とYに伝えた。

すると、泣きじゃくっていたYだったが、衝撃が強かったのか急に泣き止み、「えっ」と大声を出した。「どういうこと?」と股間を触るY。動揺が隠せないのか「えっ。ない!」と連呼している言動が面白くて仕方なかった。そしてYに、「Y、好きだよ。俺は生まれた時は女やったけど今は男に戻った。こんな俺でもよければ付き合わへんか?」と自分の気持ちを伝えた。

Yは「わかった。ありがとう」とだけ返答した。

そのまま家に着き、何をするわけでもなく、一緒に眠りについた。

この件をきっかけに、Yと僕は付き合うようになった。職場では社内恋愛禁止だったため極秘で付き合っていた。実家暮らしだったYはいつしか僕の家に帰るようになり、半同棲生活が始まった。

当時、知人から五万円で買い取った黄緑色の軽自動車に乗っており、その車でよくデートをした。「ミドリムシ」という愛称でその車を愛用していた。しかし難点があり、古くて窓を開けるのが自動ではなく手動であることや、リモコン一つ押すだけで車の鍵が開くものではなく、差し込んで開けるタイプだった。

Yは大阪に住んでいたため、よくデートの際、Yの実家まで送り迎えをしていたのだが、片道だけでガソリンを補充しないといけなかった。通勤の時は大阪まで帰るのも大変だったので、泊まることも多く、気づいたら同居していた。

Yとは同じ職場で同居もしていたため、夜勤以外はほとんど一緒だった。時々喧嘩をすることもあったが、相性も良く、どんなに長く一緒にいても苦ではなかった。


二人で近所のショッピングセンターに行くことが多かったのだが、僕はもともと動物が大好きなこともあり、建物の中にあるペットショップによく行っていた。そこで一匹のポメラニアンと出会った。小柄で顔も整っており、とても可愛かった。飼いたいと思ったが、値段がなんと三十万ちょっとだった。新卒一年目の僕たちにとって三十万はハードルが高く、ただその子に会いにいくことしかできなかった。

しかし、仕事も忙しい日々が続き、なかなか会いに行けない日が続いた。しばらくして、二人が合う時間ができたため、Yとあの犬に会いに行こうと車を走らせた。

もう売れちゃっていないだろうな、と僕は半分諦めながら重い足でペットショップへ向かった。だが奇跡が起きたのか、あの犬がまだペットショップにいた。しかも二十万まで下がっていた。僕は店員に値段が下がった旨や売れない理由を聞いたが、店員もその理由についてはよくわかっていなかった。

その犬をなでたり抱っこしていると、Yが、

「あんたらいいコンビやし、飼いなよ」と言ってきた。

僕は覚悟を決め、ローンでその犬を飼うことにした。その日のうちにYと一緒に車で家に連れて帰った。犬は車に慣れていないのか、ダンボールの中で震えながら鳴いて失禁をしていた。

家についてYと名前を考えた。「ポチ」や「りゅう」などいろんな名前の候補が出たが、Yが「ラボ」とつけたいと言ってきた。顔とマッチングする部分もあったため、合意のもとラボと命名した。

飼い始めてしばらくは、環境に慣れないせいか夜鳴きがあり、二人ともに鳴き声で寝られない日々が続いた。きっとゲージの中に入れていたため寂しさもあったんだと思う。

寝られないのはつらかったが、家族が増えたのは嬉しかったし、まるで赤ちゃんがいるみたいで幸せな気分にもなった。

ラボは気分屋だが、基本的には甘えんぼで寂しがりやだった。

夜勤でどちらも家にいない時は寂しかったのか、夜勤明けで朝帰ると、ラボのお茶碗に

おしっこを入れていることもあった。

Yも僕もラボを溺愛していた。休みの日にはよく三人で出かけた。最初は嫌いだった車も、慣れてくると好きになったのか、よく運転している僕の膝に乗ってきては外を眺めていた。ドッグランに行き、ラボのストレス発散に付き合ったり、Yの実家に行き両親に可愛がられたりしていた。

当時住んでいたマンションはペット禁止だったのだが、ラボは環境に慣れたせいか、鳴くこともほとんどなく、ばれることはなかった。

三人でいるだけでとても幸せな気持ちだった。

僕が僕であるために

性別適合手術に関しては、施行するかずっと悩んでいた。

ホルモン注射の影響と、胸オペをしたおかげで日常生活において精神的な負担は軽減されていったのだが、戸籍上の性別と見た目が異なることで苦労した。体調不良時の病院受診時や就活、パスポートなど男女の性別が表記されている際、必ず本人確認をされたり、自ら望んではいないカミングアウトをしなければならない状況が多くなってきた。また、忙しくて定期的にホルモン注射が打てないと、たびたび生理が来ることもあった。

身体的苦痛は軽減したものの、社会で生活する上でストレスが大きくなったことと、Ｙとの結婚も視野に入れていたため、手術をして戸籍変更をすることを決めた。それは、イコール子孫がもう残せないことへの決意も同時にしなければいけなかった。

国内でも性別適合手術はできるのだが、僕は、性別適合手術の手術件数が多く、技術がとても発達しているタイでの手術を望んでいた。だが、仕事の上司から長期休暇を取ることは難しいと言われ、手術したい気持ちを押し殺していた。社会人二年目になり、ようやく性別適合手術のための休みが三週間許可された。ただ、休むにあたり、すべてのスタッフにカミングアウトしているわけではなく、することにも抵抗感もあったので、持病の手術という名目で仕事を休んだ。

英語やタイ語は全く話せないので、アテンド（病院と当事者の仲介役）を探し、約二週間タイへ渡航することとなった。当時仲の良い親友も同じく手術を考えていたため、二人で一緒に手術をしにいったのだが、友達割というプランがあり、約四十五万（自費）で手術ができた。高いのか安いのかベースがよくわからないが、交通費や宿泊費込みで二週間もタイで過ごせる喜びと、海外での手術への不安が入り混じっていた。アテンド会社は多く、値段も異なるため、吟味はしていた。

タイ出国前日、Ｙに陰部を剃毛してもらった。大人になり、パ、イ、パ、ンの日が来るなんて夢にも思わなかったが、手術のため泣く泣く同意し、一人で綺麗に剃ることは難しかったためYに頼んだのだが、ニヤニヤしながらどこかしら楽しそうにしていたYの表情が今でも目に焼き付いている。

本当はYも付き添う予定だったが、仕事の関係で二週間もの滞在は難しく、日本で見守る形となった。

いざ当日、僕は不安と期待でほとんど寝られなかった。早朝に最終準備をして奈良を出発した。関西空港に行く途中、一緒に手術をする予定のFTMの親友を迎えに行った。お互い緊張していた。その子も親にカミングアウトせずに実家から荷物をまとめてきていた。両親に話すことに抵抗があったため直前まで話せなかったらしい。Yと親友と三人でいざ関西空港に向かった。

道中では国外での手術に不安があったが、考えたくない思いもあり、ひたすらしゃべっていた。親友が突然親に電話をかけて、手術に行く旨を話していたこともびっくりしたが、僕は親には秘密にした。

関西空港まで送ってくれたりお守りをくれたりと、とても優しいYと二週間も離れるのはつらかった。

タイには八時間ぐらいで到着した。空港にアテンドの方が迎えに来てくれて、いざ手術をする病院へ。

ローラーブレイドを履き、ミニスカート姿で書類を持って廊下を移動しているスタッフがいてびっくりした。

まずは精神科に行き、通訳のもとＧＩＤの診断書を取得。深く掘り下げて自分のことを説明しなくてもすぐに診断がおりた。

次は婦人科へ。入ってすぐ先生からの軽い問診があった。そのあと、日本と同じような分娩台に乗り、言葉の通じないタイで、手術をする医師に膣の中に指を入れられた。

もともと生殖器のエコー画像は国内の婦人科に受診して結果を持ってきてはいたのだが、実際に確認する必要があるらしい。まさかタイに来てまで膣に指を突っ込まれるとは思っておらず、心の準備もできていなかった僕は動揺が隠せなかった。

だが、膣に入れられたぐらいでびびっていては手術はできない。深呼吸をして、必死に高まる気持ちを落ち着かせた。こうして到着一日目は手術する病院で精神科と婦人科を受診し、その日のうちに個室へ入院となった。

二日目、いざ手術へ。早朝から看護師に叩き起こされた。すごい量の浣腸液を持っており、言葉は通じなくても何をするかはだいたい理解できた。日本でもほとんど見たことのない量だったのでびっくりした。親友と同じ日に手術だったため、あらかじめ順番を決めていたのだが（僕が二番目だったので午後頃）、浣腸液の量が多く、その子がなかなかトイレから出られず、まさかの撃沈。心の準備ができていなかった僕の方が午前中に手術をすることとなった。

急いでYに連絡を取ろうと思ったのだが、時すでに遅く、点滴を入れられストレッチャーに乗せられた。日本語が通じない海外であり、死ぬ覚悟をした。性別適合手術を決意したのは自分自身であり、もし何かあって死んだとしても後悔はしたくないと思っていた。それでも、いざ手術室へ行くと自然と涙が出てきた。もしかしたら目が覚めないかもしれないということ、親に内緒で国外で手術をすること、Yと二度と会えないかもしれないこと、いろんなことが頭の中を急にぐるぐるとよぎり、その場を逃げ出したいぐらい心が折れそうになった。

麻酔をかけるためマスクをつけられ、僕の周囲を医師や看護師が囲んだ。次の瞬間、喉が焼けるような痛みが出現した。

痛い、熱い、死ぬ（大げさだが）の三拍子。心電図モニターを見ると、レートが30台だった（通常は60～80回／分）。

叫びそうになった瞬間、僕は深い眠りへと落ちた。

何時間たったのかわからないが、痛みで目が覚めた。生きているのはすぐに理解できたのだが、痛すぎて動けなかった。生理痛の激しい方なら共感できる部分もあるかもしれないが、その生理痛を百倍（大げさ）にしたほどの痛みが下腹部に走る。痛み止めが入った注射のボタンを何回か連打し、痛みを軽減させようと試みるも痛みが消えず、その痛みだけで死にたいと思ったぐらいだ。

その日僕は、痛みと闘いながらずっと天井を見ていた。日本語が通じず、医療従事者とのコミュニケーションが図れないため、夜はアテンドの方が一緒にいてくれた。痛みや寒気などの体調不良があった場合にアテンドの方が通訳をしてくれた。

タイ入国手術三日目、起き上がりやくしゃみなどするたびに激痛が走った。動けないため、おしっこの管が入っていたのだが、おしっこがしたくてたまらない気持ちになった。アテンドを通して看護師に訴えたが、大丈夫と言われた。しかし、尿意がどんどん強くなってきて脂汗が出始めた。再度アテンドのスタッフを通して訴えたが、また大丈夫と言われた。

現役看護師の僕は知識もあったため、痛みに堪えながら陰部の管が入っている部分を恐る恐る触る。管が入っている場所は特に問題はなさそうだった。そして、管をたどっていくと、なんと途中でクランプ（チューブの途中で流れを止めていた）されていた。原因はこれやんか、と大声をあげそうになったが、そんな気力も体力もない僕は、静かに流れを止めていた器材を取り除いた。おしっこの流れがよくなったせいか尿意も軽減し、一件落

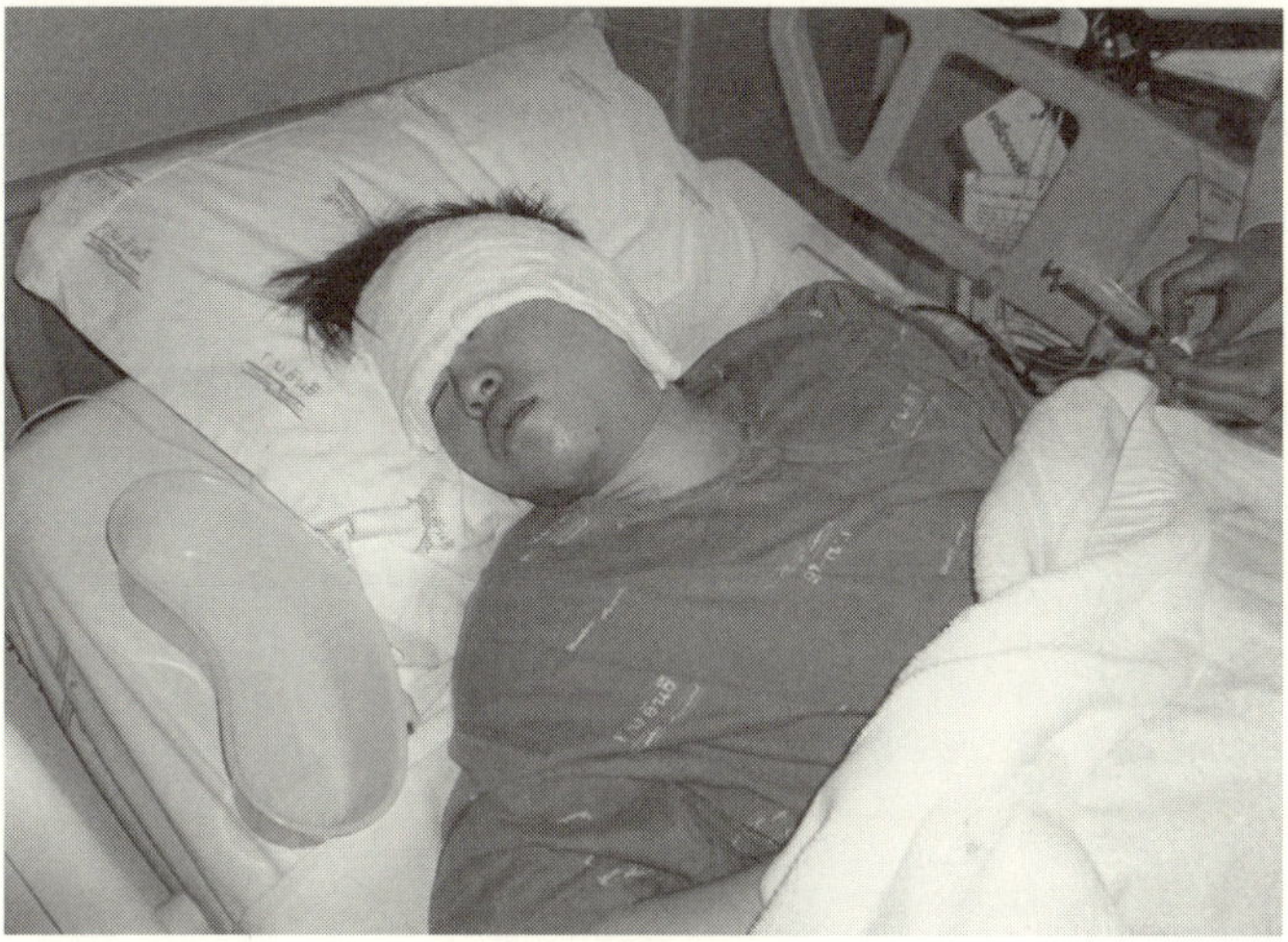

入院中

着した。タイの看護師は日本とは違い、一人一担当スタッフではなく、一人に対し、複数人で業務を回していた。血圧を測る人、体温を測る人、創部を処置する人、細かく分かれていて面白かった。

術後の痛みに関しては個人差があり、あまり痛さを感じない人もいるそうだ。僕は昔から割と痛みには強い方だったのだが、今回の痛みには耐え難いものがあった。それでも痛みに耐えながら、一緒に来た親友やYはどうしているのかで頭がいっぱいだった。

どうやらYも僕のことを心配していたようで、手術後より僕と連絡が取れなくなったことでアテンドの方へ電話をしていたみたいだった。Yがアテンドの方に電話をした際、僕の安否を確認したかったらしく、僕に電話を替わってほしいと言ったそうだが、僕は痛みが強く誰かと話せる状態ではなかった。気を利かせ、今は話せないとアテンドの方が返答してくれたそうなのだが、隠蔽《いんぺい》して本当は死んでいるのではないかと声を荒らげながらYが電話越しに怒っていたことを後から聞いて、僕は愛おしくて笑いがこみ上げてきた。誰かが自分のことを心配してくれているとわかったことで気分が上がったし、痛みを軽減させてくれた。

四日目、なんとか痛みにじっと耐えられるようになったし、ベッドコントローラーを使用してヘッドアップした状態で座位保持ができるようになった。以前は四十五度ぐらいで痛かったが九十度までいけるようになった。体力低下や腸閉塞リスクを考えて、歩行の練習を医師から言われた。

お臍《へそ》と恥骨の中間あたりにはガーゼが当てられていた。時々ジワッと浸出液が出てくるのがわかる。座位保持はできたが、まっすぐな姿勢での歩行や排便、くしゃみは未だに困難だった。背筋を伸ばすと手術をしたところの傷が引っ張られるような気がして、杖をついたヨボヨボのお爺さんのような歩き方になっていた。また、この時にはおしっこの管もとっていたため、腹圧がかかる排尿や排便もつらかった。

外出もできないため自分と向き合う時間も多く、痛みと闘いながら、タイの夜景を見て一人物思いに耽《ふけ》っていた。

そして、嬉しかったのがシャワーだったのだが、言葉が通じない海外でのシャワー浴についての事前の説明はなく、おしっこの管を抜去後、ベッドから起こされ、小太りなフィリピン人看護師二名にすばやく裸にされた。痛みが強く大事なあそこを隠す暇もなく、部屋に設置されていたシャワー室へ連れて行かれた。そして、ぬるい湯をかけられながらいろんな体位にされ、まるで犬のように体を隅々まで洗われた。

死ぬ決心で手術に挑んだが、この体験はとても恥ずかしかった。

五日目。

ヨボヨボな歩き方は変わらないが、起き上がりや長時間の座位保持もなんとかできるぐらいまで回復していた。目がさめるとなぜか日本にいる感覚になるのだが、外国の看護師が来たりタイの食事が出ることや、タイのテレビ番組を見ると、日本じゃないことを実感した。また、以前洪水被害があったためか、七階なのにアリが壁をつたっていてびっくりした。

七日目。

いよいよ抜糸。まさか海外で抜糸をするなんて想像していなかった。本来旅行や移住、留学等で海外に行った時に怪我をした時ぐらいのケースだろうと思っていたからだ。

無事二人とも手術を終えたこと、本当によかったと思う。

タイでの痛み乗り越え観光ツアー

タイに来て一週間、やっと抜糸と痛みの悪夢が終わり無事退院。アテンドが予約をしてくれたホテルに車で直行。タイは物価が安いこともあり（当時、日本円の三分の一）、日本のSランクぐらいのホテルが、半額ぐらいで宿泊できた。といっても僕の場合、手術・宿泊・交通費込みのプランできているため、実際の値段はわからないが、ベッドが二つあり部屋も広く豪華だった。

そこのホテルはシャワーしかついておらず、室内に玄関（靴を脱ぐ場所の境目）もなく、ベッド以外は土足で歩いていた。

そして驚きなのは、タイでも日本のテレビ番組を一部放送していたことだった。タイにいてもＷｉ‐Ｆｉを繋げば携帯もいじれたため、日本から離れている気がしなかった。

手術を終えてから残りの一週間は、ほとんど観光をして過ごした。有名なお寺へ行ったり、象にも乗った。アテンドの車で観光できたため、右も左もわからず、タイ語も話せない僕にとってはとても楽しかったし、脳が幸せのドーパミンを出していたからか、たまにくしゃみやうんちをした時に、ズキッと痛む程度で、自然と手術部の痛みはほとんどなかった。

タイのスーパーは日本と違い、フルーツがグラム単位で売られていたり、変な色の魚もいた。

僕がお勧めのフルーツは、マンゴスチン、ランブータン、マンゴーだ。ランブータンの外見はウニのようだが、トゲトゲしておらず柔らかい。そして見た目とは裏腹に、甘くてすごくうまい。マンゴスチンやランブータンは量り売りだったので、スーパーで一キロ購入して三日程度で食べきった。マンゴーに関しては日本と比べてタイのものはとても甘く、値段も当時で一個百円くらいだ。タイのマンゴーにはまってしまい、滞在中に十個は食べた気がする。

あと、鮫《さめ》ばかりいる水族館に行った。すごいのはスーパーの中に水族館があるところだ。昔から鮫が大好きではあったが、周囲に気持ち悪いと思われたくなく、鮫が出てくる映画やフィギアを見ても薄い反応をするように心がけていた僕だったが、今回は大興奮をしてしまった。鮫がうようよ泳いでいる水の上をボートに乗って近くまで行って、鮫を見ることができるのだ。生まれ変わるのなら鮫か人面犬になりたかった僕にとって、この上ない至福のひと時だった。

興奮しながらそそくさと鮫がよく見える端を陣取り、ボートが動くのを待った。五人ぐらい乗れるボートのため、焦って場所をとる必要はなかったが、早く鮫達の近くに行きたかった。ボートが動いて鮫たちが泳いでいるのが見えた。一メートルくらいのちっこい鮫ばっかりだったが、なかなか普段の生活ではお見かけすることのない光景に、感動と興奮が隠せなかった。ガイドの説明も聞かずひたすら鮫たちを見る僕、鮫と目が合った気がしてさらに興奮度が増した。十分~十五分ぐらいの時間だったが、とても貴重な体験をしたし、また行きたいと思った。ホオジロザメが一番好きで、直接見るのが夢なんだけど、ボートなんかで見た日にはきっと命はないよね。

あと、タイ人は日本人とは違い、仕事にそこまで真面目ではない人が多い印象。イオンモール的なところに行った時に驚いたのだが、接客をしているお姉さんが人前で鼻くそをほじったり（食べてはいなかったけど）、椅子に座って鏡を見ながら髪にアイロンを当てたりしていた。日本ではお店にお客がいなくても、皆ある程度人目は気にしているし、お給料が発生している以上、適宜何かしらの仕事はしている。改めて日本人は真面目なんだと実感した瞬間だった。

タイの夜事情

夜はタイのＧｏＧｏバーへ連れて行ってもらった。初めてなので景気づけに一杯バーで飲んでから行ったが、日本の渋谷とはまた違う雰囲気（結構薄暗くてネオンまみれ）で、若者たちがうじゃうじゃストリートにいた。タイ語が話せるアテンドがいたためよかったが、もしタイ語が話せる人がおらず日本人だけだったら、カツアゲや裏路地に連れていかれていた気がする（外国に行くと日本人は金持ちと思われることが多いため）。

ＧｏＧｏバー初体験。番号札をつけて水着を着たお姉ちゃんがお立ち台に立ってパフォーマンスをしていた。僕達は従業員に案内され、お立ち台が目の前にある椅子に座った。なんといっても可愛い子が多い。そして水着姿がエロく、思わず鼻の下がのびていた気がする。

番号札をつけているのには理由があり、その番号で指名ができる。店の子の顔を直接見て、好みがいれば従業員に伝え席に着いてもらう形になる。可愛い子が多いのだが、残念なことに日本語を話せる女の子は二、三人程度しかおらず、コミュニケーションが難しかった。

そして、驚くことにニューハーフも交じっているらしい。知っている人も多いとは思うが、タイはニューハーフが多い。綺麗な人が多いため誰がニューハーフか見てもわからない。僕が可愛いと伝えた子もニューハーフだった。

また、目が肥えている女の子には、「You tomboy?」と言われた。「トムボーイ」とはタイでいうＦＴＭのことだ。当時タイのＦＴＭは未治療の子が多かった。その理由として、戸籍を変更できないからだそうだ。せっかく治療を行い男性化しても、戸籍の変更ができないのであれば無意味と、タイのあるＦＴＭが言っていた。

イケメンで治療をして男性化していることにタイ女性は心を惹かれるらしく、日本のＦＴＭはタイでモテるらしい。

僕にとってトムボーイと聞かれることはすごく嫌悪感があった。カミングアウトしていないのにばれてしまうのもそうだが、治療をしているのに完パスできていないことが何より悔しかった。その気持ちとは裏腹に、イエスと答えるとタイ女性はキャーキャー言っていた。

そのお店では、女の子と店外デートやエッチなこともできる。しかも日本の風俗が平均一万円ちょっととして、タイではなんと当時三千円程度でお持ち帰りできるから驚きだ。アテンドからそんな話をされた変態な僕は火がついた。鼻の下をのばして、エッチなことを考えながら女の子を物色した。まるで餓えたハイエナのように。だが、小心者の僕はお持ち帰りしても、日本語でのコミュニケーションもとれなければ、宿泊先のホテルまで自力で帰らなければいけないことに不安を抱き、やめた。

というか、Ｙのことを考えると気が引けるし、ばれたらきっとしばかれるという恐怖もあった。

この二週間はとてもいい思い出になった。帰りの空港ではYが待っていた。心配そうな顔をしていたが、僕と目が合った瞬間、泣きながら「おかえり」と抱きついてきた。

X　クレイジー・トランスジェンダー

天国に一番近いと言われるゲイのハッテン場に潜入

僕には関西時代に常に行動をともにしていたFTMの親友（以降正哉）がいた。天王寺にあるゲイのハッテン場と言われている映画館に二人で行ってきた。ゲイの知人に後から聞いた話だが、そこは「天国に一番近いゲイのハッテン場」として有名らしい。

その映画館に行った時には昭和時代のAVが上映されていたが、鑑賞している人はほとんどおらず、局部をしごいたり、しゃぶっているおじいちゃんが多かった。というか、ここに来ている人のほとんどがシニアであり、よろめきながら歩いていたり、暗すぎて壁や椅子にぶつかっているおじいちゃんなどが必死にタイプの人を探していた。

そこの映画館でのハッテンシステムとしては、タイプの人が座っている椅子の隣に座り、さりげなく相手の太ももに手を置き、拒否されなければしゃぶってもオッケー、の合図だったらしい。

最初はその流れがわからなかったが、おじいちゃんたちの行動を見て察した。正哉と二人で映画を観ていたら、一人のおじいちゃんが僕の隣に座ってきた。そのおじいちゃんはなぜか「無修正のAVをたくさん持っているから家に来い」と言ってきた。きっと僕たちがハッテン場と知らずに普通の映画館と間違えてきたと思っていたのかもしれない。上半身を触ってきた時はまだ許容範囲内だったが、次に下半身を触られそうになったので必死に足を組み阻止をしたのを今でも覚えている。

もし触ってちんこがないことが発覚した時に大問題になるのではないかと怖かった部分もあった。しつこく家に来るよう勧誘してきたが、こちらも誘われるたびに断った。なぜかその場を離れようとはせず、今度はちんこを出して見せてきた。無視をしてもなかなか離れようとしないぐらいのしぶとさだった。

やっと席を離れたと思ったら、コーヒーを二つ持ってきた。奢《おご》りだから飲めと言ってきたが、コーヒーの中身を見ると氷も入っておらず、何か白っぽい液体が浮いていた。再度しつこく言ってきたため正哉とともに飲んだのだが、味と喉越しが明らかにおかしかった。二人で目を合わせた時には時すでに遅しで、きっとコーヒーの中におじいちゃんの精子が混入していたんだと思う。吐きそうになったが、おじいちゃんの視線が怖く、コーヒーを飲み干し映画館を出た。するとその人が追いかけてきて、家電《いえでん》の書かれた紙と、「これで家に帰りな」と、どや顔で僕たち二人に二百円をくれた（一人百円じゃ電車に乗れないけどね）。

いろんなハッテン場に潜入し、「ガチムチ」や「ベア系」、「老け専」などゲイの世界でも人それぞれ好みが分かれ、各ハッテン場にも特色があることを知った。

堂山にあるハッテン場に潜入

二十代前半に経験のうちと思い、何軒かのハッテン場に行ったことがある。

二十一歳の頃、大阪のゲイタウンで有名な堂山の一角にあるハッテン場に、正哉と行った時の話だ。

そもそもハッテン場というものは男性同士が性交渉をする場所（ビル全部であったりマンションの一室であったり、場所によって異なる）であり、二十四時間年中無休（施設により異なる）で開いている。

僕の行ったハッテン場は、ビル全部がそうであり、一階に受付と洗面所、休憩所、更衣室があった。休日に行ったためか、人も多かった。

ハッテン場によって場内での服装は異なるが、僕が行ったところは上半身裸のパンツ一丁のスタイルだった。お互い胸オペは終わっていたため、抵抗なく上着を脱ぎ上半身は裸に、下半身はパンツ一丁になったが、男性特有のモッコリ感が出なかったため、なるべく目立たないよう前に手をあてて上の階へ行った。

二階は一般的な銭湯と同じ設備の風呂と、映画やテレビを映しているビデオルーム、休憩所があった。

三階はミックスルームで、複数人が雑魚寝《ざこね》をしていて、そこで寝ている人に対し、ウロウロしながら相手を探している人たちが顔や体型を見て、タイプであれば局部を無言でしゃぶったり、中にはアナルに挿入している人もいた。精子と汗のような異様な臭いがフロア中に広がっていた。異様な光景ではあったが、なぜか僕は興奮が収まらなかった。

初めての経験だったためか、徐々にちょっと怖くなり、正哉と個室へ入った。個室料金と大部屋料金とあるのだが、入店する時間によっても異なるが、大体二千円～三千円程度であり、滞在時間も八時間から二十四時間などの様々なプランがあった。

個室には鍵がついておらず、アナログの小さなテレビと薄っぺらいシングルの布団が一枚あるだけだった。もちろん部屋の照明も薄暗かった。部屋の大きさはたたみ一畳程度であり、壁には小さな窓があって、そこを開けると隣の様子が見えるような仕組みになっていた。

僕達はひとまずそこで一息つき、再度いざ出陣した。

四階にも個室と大部屋と、迷路みたいに入り組んだ部屋があった。迷路みたいな入り組んだ部屋は真っ暗であり、途中途中に布団が敷いてあり、そこで寝ている人、3Pをしている人がいた。そしてギャラリーも二、三人いて、性交渉をまじまじと見ている人や、その行為に興奮してセンズリをこいている人もいた。迷路の最後には小部屋があり、何個か椅子が置かれていた。そこでもハッテンしている人がいた。

僕たちは完全に委縮してしまい、カップルを装い片方の手では前のモッコリのなさを隠し、片方では手を繋ぎ寄り添って歩いた。

迷路の途中で何度かお尻を触られたが、一番印象に残っているのは小太りのおじさんである。そのおじさんは局部を僕たちに見せながら、入り組んだ迷路の中を追いかけてきた。そして、隙あればお尻を撫でてきた。気持ちが悪かったので二人で急いで逃げるように二階フロアに行った。

二階にはお風呂（小さな銭湯）と、カラオケルームみたいな大きなテレビが置いてある部屋があった。お風呂に入ったが、そこで性交渉をしている人はいなかったけれど、お風呂には垢《あか》が浮いておりシャワーとサウナのみにした。

僕たち以外に二、三人程度お客がいて、寄ってこないかビクビクしたが、相手も察したのかタイプじゃなかったのか、チラチラ見ては来るものの寄ってはこなかった。ちなみに下半身は女性器に近いため、バレないようにタオルで隠しながら体を洗った。

この異様な世界にも慣れてきたのか疲れていたのかは不明だが、鍵のついていない誰かが乱入してくるかもしれない個室へ戻り、僕たちは爆睡した。

このほかにも、ハッテン場に一人で行ったことがある。その時は興味本位ではなく、タイプの人を探し、あわよくば場外で会えればと思ったからだ。

ＦＴＭで同性愛者、両性愛者は出会う場所が少なく、相手を探すことが難しい。そのため、僕はハッテンは難しい場所ではあるが、たまに出会いを探しにいくことがある。その時に数人のゲイに体を触られ求められたことがある。下半身は触られないように回避、基本的に私語はダメなので、タイプではない人にはジェスチャーで断った。

すぐに諦めてくれる人がほとんどだが、小太りのオジ様は何回断ってもしつこく僕の後をまとわりついてきた。そして、あげくの果てに、「何で僕じゃダメなの？　お願い。タイプなの」と泣きつかれた時には逆に恐怖しかなかった。

普通に断っていた僕もしつこさに顔が般若みたいになり、「やめろと言っているだろ。出禁になるよ」とそのオジ様に耳打ちをしてみた。すると、ちょっと落ち込んだ様子で僕の目の前から姿を消したため、ようやく諦めたかと肩の荷を下ろした。

しかし数秒後、何か視線を感じると思い、あたりをキョロキョロすると、まさかのオジ様が遠くの椅子に座り、僕の行動をじーっと見ていた。さすがに怖くなり、僕は逃げるようにその場所から出て行った。もう会うことはないが、今さらながらに、僕のどこが良かったのか聞いてみたいとは思った。

ゲイの場所にまがい物が交じり不快に思う方もいると思うので、そこはとても申し訳なく思う。また、ハッテン場で誘われた場合にはきちんと失礼のないように断りをいれている。

バーンアウトしました！

しかし、こんな僕が二十三歳の秋、うつ病と診断されてしまった。

きっかけは、仕事の多忙さと人間関係だった。

救命救急ということもあり、とにかく勉強することが多い。不器用な僕は人の倍以上の努力をしないと仕事ができなかった。ミスも多かったし、スタッフから強く注意されることも多かった。自分では努力していたつもりだが、なかなか結果を出すことができなかった。それに一分一秒を争う現場で、一つ間違えれば重大な事故につながるリスクを考えると、心の負担が大きかった。

また、僕の性自認が周囲にばれた時、医師に「あそこどうなってるの？　エッチどうすんの？」と聞かれたり、ひそひそと噂をされていたことが、苦痛でたまらなかった。裏で伝言ゲームみたいになっていたことにもストレスを感じていた。

今まで、精神科を受診するのはすごく抵抗があった。僕はまだ頑張れる、弱音を吐いたら女に戻ってしまう、そんなことをずっと思っていた。

だからブラックホールのように何でも溜め込み吸い込んでいた。しかし人間の心には限界があることを知った。

明日のことを考えると怖くて寝られない。仕事のことが気になり、眠りに就いても仕事の夢ばかり見ていた。

ミスをしたらどうしよう。自分のミスで患者が死んだらどうしよう。誰かに自分自身の性自認のことをアウティングされないかな。トランスジェンダーであることでスタッフから差別や偏見の言葉を言われたら嫌だな。上司から呼び出されて注意をされるのかな。また先輩から給料泥棒なんて言われるのかな。

怖い。行きたくない。でもまだ頑張れる。

徐々に僕の体に異変が起きてきた。

明日が来ることが怖かった。食欲がわかないし、食べたら吐いてしまう。いっそ死んでしまおうかとも思った。

恐怖に耐えきれず、カッターナイフを持って、気づいたら腕を薄く切っていたこともあった。そうすることで現状を耐えて、少しだけでも落ち着くことができた。

太ももや二の腕の誰かの目に触れない部分を切った。きっとこの時はまだプライドがあったんだと思う。

誰にも見られたくない。でも生きていることも心もつらい。

そして、ついに僕の心が壊れた。水がいっぱい入ったバケツにどんどん水を注ぎ溢れ出てくる感じ。ある日突然、家から出られなくなった。出ようと思っても足がすくんでなかなか一歩を踏み出すことができなかった。仕事のことだけでなく、自分の姿を見られることも怖かった。ホルモン注射を打っているにもかかわらず、女性に間違えられることも多く、それもメンタル低下の要因だった。

どんどん自分に自信がもてなくなり、生きていることすら申し訳なく感じてしまうようになっていた。無能な、女か男かわからない人間が生きていていいのだろうか。電気もつけない暗い部屋で自問自答した。

布団の中から出られず、ただただ自分を責め続けた。そうすることで、なんとか自分を保っていられた。診断書もなく職場を休み続けるわけにもいかないので、精神科を受診し、「うつ病」と診断された。

職場には詳しくは事情を話してはいないが、うつ病の診断書を持っていき、休職した。

何も考えられず、放心状態になっていた僕のもとへ、Yが心配してくれて家にちょくちょく来てくれた。

最愛のパートナー

付き合った最初の頃は同居していたが、向こうの親の事情で別々に暮らすようになっていた。うつ病の僕を定期的に病院へ連れて行ってくれたり、ご飯を作ってくれたり、掃除など家事もしてくれた。

Yとはずっと一緒にいたいと思ったし、結婚したいと本気で思っていた。でも、かっこいい部分を見せるような心の余裕もなく、日々弱っていく僕しか見せられなかった。

Yは必死に僕に向き合ってくれた。何も食べられない、放心状態の僕を見捨てず、優しくしてくれた。そのため、ちょっとずつ回復していった。

数カ月でうつ症状は軽減したが、Yの両親や兄弟に自分自身のことをカミングアウトできないことや、嘘の自分で関わっていたことにも罪悪感があった。

僕は実は女性でした、なんて言ったらどんな反応をされるのか怖くて仕方なかった。

そしてYに対しても罪悪感しかなかった。僕といてもYは僕との子供は出来ない。いくら頑張っても不可能があることをこの時実感した。

かけがえのない大切なYのことを考え、別れを選んだ。Yには幸せになってほしかったから。だからわざとひどいことばかり言った。そして、Yを傷つけたが、なぜか離れずそばにいてくれた。

また十八歳の頃、たまたまテレビでやっていた、おなべだらけの店のショーダンサー特集を見て以降、その店で働く夢が諦められない部分もあった。

彼女か夢か、すごく悩んだ。僕にとっての人生の分岐点だったのかも知れない。

Yには、約三年間支えてきてもらって、たくさんの愛情をもらった。

ある日、車の中で、星を見ながら話した。

「つらい時に一緒にいてくれてありがとう。僕はこの機会に看護師を辞めて、十八歳の頃からの夢を追いかけようと思う。でも、Yのこともすごく大切だし愛してる。だから僕と一緒に東京へ来てほしい」

僕はまっすぐYの目を見て、自分の気持ちを伝えた。

Yは涙を流しながら、

「家族や友達をおいて東京には行けない」

そう言った。Yは付き合う前から遠距離は無理だと言っていた。だから東京へ行く選択肢を選んだら、僕は彼女と離れなければならない。

友人は口を揃えて、一度きりの人生、自分の後悔しない道を選んだ方がいいと言ってくれた。

僕は悩んだあげく東京に行くことを選んだ。

しかし、Yのことは変わらず好きだった。Yも僕のことが好きだったため、離れる前にタイに二人で旅行する提案をした。この時には犬の「ラボ」は、訳あって岡山の実家で親と暮らしていた。

どんなに離れても時がたっても、お互い好きでいればきっと交わる時が来る。僕は本気でそう思っていた。そして、タイに行く前に五十万する結婚指輪を購入した。運命の人だと思っていたからだ。

手術以外でタイに行くのは初めてだった。相変わらず物価は安く、ご飯もおいしかった。Yといろんなところを観光した。夜になり、夜景の綺麗なホテルに戻った。そして、夜景を見ながらYにプロポーズした。Yは泣いていたが結果はOKだった。僕は結婚式でやっていることを見様見真似で行い、さっそく指輪を左手の薬指につけた。

Yとまたいつか出会えることを願って。

僕は東京へ引っ越した。

しかし、Yとの連絡は途絶えた。

東京での出会い

お金もなかった僕は働く店の社長に住む場所を相談したところ、寮かルームシェアを提案してくれた。悩んだ末に僕は渋谷でルームシェアをすることにした。初めての知らない人との共同生活に心配な部分も多かったが、引っ越しの費用が安く済むことや、立地がいいことを優先して選んだ。

十七畳のワンルームであったため、同居人とは生活空間での仕切りがない状態であった。自分の空間がないことは嫌ではあったが、別れたYのことを忘れたい気持ちと寂しい気持ちが強く、同居人がいることで心をなんとか平常に保つことができた。

同居人とは生活リズムが違うため、ほとんどすれ違いの生活ではあったが、情報交換ノートというものがあり、住んでいることで何か相談したいことがあったらそこに記載をしていた。同居人は平日の昼間は仕事で、唯一、日曜日が休みだった。一緒に住んでいても顔を合わせるのは日曜日だけだった。土曜日の夜はかけもちで水商売をしており、僕と働いている店の距離が近いこともあり、土曜日は営業後待ち合わせをして、一緒に泥酔したまま朝帰ることが多かった。

同居人もかなりお酒を飲む人で、日曜日の夜はたわいもない話をしながら、二人で晩酌をすることもあった。

ある時、営業が終わるぐらいの時間に同居人から連絡がきた。

「近くで飲んでいるから一緒に帰ろう」と。

待ち合わせ場所に行くと、すでに泥酔した同居人がふらふらしていた。僕は同居人の肩を組み、タクシーに乗り込んだ。すると、同居人が近くに寄ってきて僕に、

「あなたの瞳の奥の闇が気になる。過去に何があったの？」と言ってきた。

そんなことを言われたのは初めてだった。当時はYのことを忘れたかったし、いろいろな嫌なことを忘れるために酒におぼれて、現実から逃げていた。返答に困っていると、次に、

「あなたのことが気になるみたい。好き」と言われた。

かなりびっくりしたが、同居人のことは尊敬していたし、一緒に過ごしていて楽だった。少し酔っていたせいもあり、勢いで僕たちはタクシーの中で顔を近づけ、キスをした。

これが二人の一線を越えた出来事だった。

どうも！　エンターテイナーともき善次郎です

二十四歳でショルダーケース一個のみで東京へ上京。その時に、親に性別適合手術をし

たこと、戸籍を変更したこと、仕事を辞めたことを伝えた。

そして知り合いの伝手《つて》で、以前からやりたいと思っていたおなべのショーパブで働くことができた。しかも、場所は国内最大の眠らない街と言われている歌舞伎町。きらびやかなネオンに、ギラギラな人たち、僕のワクワクは止まらなかった。

おなべという用語は水商売をしているＦＴＭや男装している人を指す。文字通りおなべのキャストが踊ってショーをするお店である。スタッフは多い時で十二人程度いて、治療段階も様々であったが、性別適合手術を行い、戸籍変更していたのは僕だけだった。

ショー自体は一日に二、三回（お客さんの入りによって異なる）、一回約四十分程度（オープニング、かっこいい系、コメディー系、セクシー系、クロージング）、三か月に一回ショーチェンジを行っており、日曜日が定休日ではあったが、ゲネやダンスレッスンで休みはほとんどなかった。

もともと水商売をしていた僕にとって、お酒を飲むことや接客は苦ではなかったし、何よりショーをできることが魅力的であった。それにショーパブで働くことでどんどんトランスジェンダーについてメディアに取り上げてもらおうと思っていた。

当時、歌舞伎町の中にいわゆるセクマイ通りというものがあり、そこの通りにはニューハーフのショーパブやおなべバーやミックスバーなどの他店舗が密集していた。僕の源氏名は、最初は「ともき」。途中で訳あって「燈木《ともき》善次郎」という名前に変更となったが、まあ気に入ってはいた。

仕事自体は夕方六時出勤で、早ければ一時か二時頃閉店だが、お客さんが来る予定があれば朝まで開けていた。休みは日曜日のみ、給料は看護師時代の月給の約半分程度だったが、ショーパブ特有のチップ制度があるため（気に入った子にお金を渡す）、多い日にはチップだけで一万円もらえることもあり、経済的には少し救われた気分にはなれた。

だが、安い賃金でお酒はザルのように飲まなければいけないことが多く、もともとお酒の強い僕は必然的に飲み要員になっていった。

飲み要員とは、利益が出そうな卓でひたすら飲んで、支払うお金を増やしていくというものだ。お酒が得意ではないおなべが多かったため、僕は飲み要員としては活躍していた。

しかし、毎日お酒を浴びるように飲んでいることで、手の震えが止まらなかったり、休日ですら自然とお酒を欲するようになっていた。ただ、ホルモン療法とお酒とのダブルパンチで体調を崩したり、肝機能障害になることもあった。

また、水商売の場合、入店した順番で上下関係となるため、僕より年下の子たちにも敬語でしゃべらなければいけないし、遅刻や欠勤をすると罰金制度もあった。まさにプライドがへし折られる場面が多かったが、その分、柔軟な考え方ができるようになれた気がする。

客層は、土地柄もあるのか、女性の場合、社長や風俗嬢が圧倒的に多く、男性の場合も社長クラスの金持ちだった。男女比でいうと八対二の割合で男性の方が多かった。

ある時、売上のために頑張りすぎた二名のスタッフが急アルで救急車で運ばれたことがあった。朝方、店の前に縦列駐車のように二台救急車が並び、一人ずつ救急車に乗せられていた時は衝撃的すぎて、今でも鮮明に覚えている。

当時はアルコール度数四十パーセントほどある一升瓶を、先輩と二人で飲み干したことや、ボウリングができそうなほどのワインの本数を、僕含めスタッフ三人程度で空にしたこともあった。今考えるとゾッとするぐらいの量を毎日摂取していたし、肝機能の数値が高く、ホルモン注射をストップしたこともあった。

僕はなぜか営業中はどんなにお酒を飲んでも、記憶がなくなることや踊りに支障をきたすようなことはなかったのだが、営業が終わると記憶を飛ばすことも多く、酔拳並みの千鳥足で渋谷まで電車かタクシー、あるいは徒歩で帰っていた。

看護師から堕落したそんな自分だったけれど、とても楽しかった。いろんな人と出会えるし、スタッフ同士も仲は良く、営業終了後は一緒にご飯を食べに行ったりもした。スポットライトを浴びてダンスを踊り、国内最大の繁華街と言われる歌舞伎町にいることが何よりも嬉しかった。

そして、泥酔して帰宅すると、パートナーが布団で眠っていて、そこにこそっと入り込み、一緒に寝ることが楽しみで仕方なかった。

当時はうつ病が完治したわけではなかったし、術後、更年期障害の影響もあり、感情の起伏も激しく、何もないのに突然泣き出したり怒り出したりすることも少なくなかった。そして、現在は一切やっていないが、当時は危険ドラッグにも手を出し、現実逃避をしたくなると薬に逃げていた。

危険ドラッグにはいろいろな種類があり、合わないものだと吐き気や頭痛に襲われることもあった。それに当時は合法だったため普通に売られていた。友人とホテルで危険ドラッグパーティーをすることもあった。もともとシンナーをしていたためか、他の人が危険ドラッグを吸っていい気持ちになっている中で、僕だけ素面でなかなか効果が出ないものも多く、一人でお風呂に使ってゆっくりしていることもあった。効果が効いてもぼーっとするだけで、気持ちがいいという感覚までには至らなかったが、気づけば三時間ぐらい過ぎていることもあった。ニュースで危険ドラッグを使用して奇妙な行動をとる人や交通事故を起こしている人のことが伝えられていたが、幸いにも僕にはそのような副作用はなかった。

おなべショーパブのダンサーとしてデビューして半年ちょっと経過した頃に、僕のバースデーイベントをすることになった。バースデーイベントでは、主役が一種目ダンスを考えて特別企画として披露しなければいけない。僕は仲の良いスタッフ三名に声をかけ、「舞祭組」というアイドルグループの「棚からぼたもち」という曲を選び、アレンジを行い踊った。

飲み屋での初めてのバースデーにお客さんを呼ばなきゃいけないことや、売り上げを上げなければいけないプレッシャーに潰れそうになりながらも無事成功した。同業者はもちろんだが、ちらほら一般のお客さんも来てくれた。営業が終わるまで酔いつぶれて記憶をなくすこともなく、バースデーの特別演出のダンスも踊りきることができた。誰もがバースデーイベントを飲み屋で経験できるわけではないので良い思い出になった。

また、ある時、なんとサプライズで高校の同級生たちがお店に来てくれたこともある。SNSで僕が勤務していることを知ったそうだ。高校卒業以降会っていない人も多かったため、男性化した僕にとても驚いている人もいた。でも、お店に来てくれたことがとても嬉しくて、涙が出そうになった。

休みがないためプライベートな時間も少なかったが、水商売だからこそ様々な職種、人種、年齢層などが異なる人々に会え、いろんなことを教えてもらったり学んだりしたことは、僕の中での貴重な経験であり、視野が広がった。

体を動かすことが好きだった僕にとって、ダンスをすることも苦痛ではなかったのだが、幹部との折り合いはあまりよくなかった。

また、幹部は独裁的なことが多く、強制的な押し付けや要求、気に入らないと手が出ることもあった。

それを見かねた僕は退職をする決意をしたのだが、簡単には辞めさせてくれなかった。

逃亡生活

水商売を辞めるのは思った以上に大変だった。

幹部のやり方についていけないと、僕を含め四人のスタッフが退職届を出したのだが、辞めると言った途端に、上司や幹部の僕を見る目が怖くなり、冷たい対応をされることも多くなった。

辞める条件として、誰か自分の代わりを連れてきて働かせるか、二か月間、無給で働くかのどちらかだった。誰かを差し出してまで辞めたくはなかったので、僕は後者を選んだ。

結果として数万円はもらえたが、それだけでの生活はかなりきつく、貯めていた貯金を切り崩しながら生活していた。

また、嫌がらせのように集中的に飲み要員にされ、お酒を浴びるほど飲まなきゃいけない頻度も多く、営業時間が終了しても監視カメラで見られながら店で掃除をさせられ続けることも多かった。なんとか二か月は頑張ろうと決めてはいたのだが、さすがに一か月過ぎたぐらいで金銭面と体力面、精神面での限界に達し、退職届けを出したスタッフ二名でとぶ（店を急に辞める）ことを決めた。

楽しかった水商売だったが、一転して地獄のような日々だった。続けているスタッフからの無視と、その指名客からの嫌がらせなんかもあった。そんな中で一か月間頑張れたのは、同じく辞表を出したスタッフと、パートナーの支えがあったからである。

だが、支え合っていた仲間ですら、心身ともに大切な何かが日々すり減り、病んでいった。これ以上いると、退職する三人の誰かが死ぬ気がしたため、荷物をまとめ、僕たちはとぶ準備をした。店の開け閉めは僕ら（退職者）に任されていたのだが、店の準備の連絡が入らないことを怪しいと思ったスタッフが、全体のグループラインに送信。そのタイミングで個々に、本日をもって退職する旨をラインで伝えた。幹部たちはカンカンに怒り、電話やメールの連絡を鬼のようにしてきた。だが、僕たちはもう東京から離れていた。

幹部たちは今すぐに店に戻ってこないと実家に乗り込むと脅してきた。グループラインで、僕以外の二人は実家の住所を晒されていた。僕はその点、悪知恵もあったため、入店当初から実家の住所は明かさず、奈良に住んでいた頃の住所を書いていた。

僕を含む三人のうち、一人は僕と行動を共にして、一人は元々住んでいる家に食料品を溜めこみ、息を潜めながら暮らしていた。

僕たちの逃亡生活は一か月程度だったが、見つかったら殺されてしまうかもしれない、というか、実際にそう脅かされていたため殺される覚悟でいた。そんな恐怖と日々闘いながら逃げ回った。給料もほとんどもらっていなかったため、貯金を切り崩し逃亡生活を送った。まるで人目を過剰に気にしている犯罪者のようにひそひそ行動していた。

心が折れそうな中で、サポートをしてくれた大阪の父と母、そしてパートナーがいたからなんとか耐えしのぎ、最低限の日常生活を送ることができた。

最終的には弁護士に介入してもらい、事なきで終わった。実は、僕は人と四時間以上一緒にいられない性格なのだが、一緒に逃げていた先輩とは、自然と一か月ちょっと行動を共にすることができた。今でもよい思い出であり、誰もが経験できるものではない貴重な体験ができた。

そして、約一カ月ぶりに渋谷の我が家に、少し緊張しながら帰った。パートナーが安心した様子で僕を迎え入れてくれた。

もうひとつの顔

パートナーに関して、ただ一つ難点だったのは、多重人格者であるということだった。

僕がそれに気づいたのは、お酒を飲んでいない時と飲んでいる時とでパートナーの人格が変わるからだった。

　僕が今まで見た人格としては四人いた。

　一人目は女の子だ。元祖というか、青春時代の同居人らしい。この子が僕のことをかっこいいと言い、惚《ほ》れているらしい。

　二番目が小さい男の子だ。この子はストレスが高まると出てくる。折り紙を折ったり、遊ぶことが大好きで、僕のことをお兄ちゃんとして好きらしい。

　そして三番目は癖が強いキャリアウーマン系な子。とりあえず気が強く、僕のことが大嫌いらしい。

　最後が中性的な子だ。この子はボーイッシュで男女に分けられることをすごく嫌う。

　他にもきっと人格があると思うが、一緒に住んできて見たのはこの四人の人格だ。

　僕のことを好きでいいのか、脳内で会議を開いていたこともあるらしい。デートの時は小さい男の子が出てくることが多く、せっかくデートをしていても、主になる人格にはその時の記憶はほとんどないのだ。だが、小さい男の子は僕のことを慕ってくれて懐いてくれた。

　一番怖かったのは三番目の子だ。この子はお酒を泥酔するぐらい飲むことで出てくる子で、僕に彼女と早く別れろとか、僕のことが皆（頭の中に存在している人格すべて）嫌いなんだと言ってくる。常にビジネス的な思考回路で頭の回転も速い。どんなに頑張ってもこの子に好かれることはなかった。その言葉で傷つくことも多かったが、稀《まれ》にしか出てこない人格だったので、そこだけが救いだった。

僕は上手くいずれの人格とも向き合い付き合っていた。しかし、どの人格も僕が男性化することが嫌だったため、なるべく髭は剃り、短髪もやめ、できるだけ中性的な感じで振る舞った。パートナーの心が離れていくことが怖く、できる限りの努力を行った。

Yのことも忘れつつあったある日、Yから結婚指輪が郵送されてきた。

二十五歳のある日、自殺未遂をしたことがある。夢を追いながらも東京に来た頃はずっと死にたいと思っていたし、僕なんてこの世にいないほうがいいと思っていた。新しい出会いもあり、ラブラブな同居生活のはずなのに、心のどこかではいつかその人も離れていくんじゃないかといった恐怖や、完全な男にはなれない絶望感があった。将来を考えれば考えるほど、もうこの世にいるのが嫌だった。パートナーがいない時間に、すり潰した大量の眠剤を流し込み、アルコールを飲んだ。眠剤とアルコールの組み合わせは最強であり、すぐに意識が飛んだ。そこから目が覚めるまでは全く記憶がない。むしろ、もう覚めなくてもいいかなんて思っていた。

目が覚めると布団に寝ていた。膝は擦り剝《む》けて怪我をしており、肘《ひじ》もあざができていた。隣を見るとパートナーが心配そうに僕を見ていた。僕から意味不明な連絡があり、急いで家に帰ってきたとのこと。玄関で倒れていた僕を引きずりながら布団まで運んだそうだ。なぜか部屋も散らかっていたらしい。きっと記憶が飛んでいる時に僕が何かをしていたのは間違いないとは思うのだが。パートナーに怒られ、すごく心配された。その時オーバードーズしてしまったことに対して、すごく後悔した。

パートナーは僕の家族的な存在であった。どんなに嫌なことがあっても、家に帰り、パートナーといることで忘れられた。恩もたくさんある。

そういえば、水商売をしていた頃、指名を取るためにひたすらいろいろな店に行き、営業をしていた。そんなある日、新宿二丁目のある店でひとりお酒を飲んでいたら、バイセクシュアルだと名乗る男が隣に座ってきた。

何気ない会話をしていたら、いつの間にか営業時間終了が迫っていた。二人でお店を出たのだが、その人は強引に僕をラブホテルに連れて行った。抵抗するも力負けしてしまい、レイプされそうになり、トイレに行くふりをしてパートナーに連絡をした。冷静に話を聞き、警察へ連絡してくれたみたいだが、いろいろと説明がめんどくさいので、男の隙を見て全力で逃げ切った。

パートナーには救われたし、感謝している。

僕達は結婚しようと決意した。パートナーとは出身地が近く、休みの日を合わせて実家に帰り、お互いの親に挨拶することを試みた。

まずはお互いの実家に帰り、事情を話し、その次に僕の両親に会うプランで行った。

しかし、プランとは裏腹に向こうの両親は僕たちが結婚をすること、付き合うことに激怒した。すでに実家で待機していた僕に、パートナーは泣きながら電話をかけてきた。僕の性自認のことや人格否定や、育ててくれた両親のことすら悪く言っていたらしい。そして、はるな愛さんぐらい僕が有名になったら結婚することを考えてやると言われたそうだ。それもできないのであれば親を捨てて駆け落ちしろと言い放ったそうだ。

内心僕はすごく腹が立ったが、冷静に次の日に僕の実家に来るように言った。

次の日、泣いていたためか腫れぼったい顔で実家にやってきた。僕の両親には婚約者とは伝えずに同居人として紹介をした。両親は何も言わず、ちょっと気まずい雰囲気で、四人で岡山を観光したり、ご飯を食べたりした。

東京に帰ってきてから再度結婚について話したが、両親を捨てて駆け落ちはできないと同居人は言い、僕らの結婚計画はなくなった。

しかし、結婚はしなくてもパートナーとこのまま一緒に過ごすことができればそれでよいと思っていた。


が、ある出来事により僕たちの関係は瞬く間に崩れていった。

洗濯物に関しては別々に洗っていたのだが、ある日偶然、Tバックやウィッグを発見した。その件以降、様子がおかしい気がしており、パートナーに詳細を聞いてみた。すると、お金を稼ぐためにキャバクラで働いているとだけ打ち明けられた。少しショックだったが、僕はその言葉を信じた。

この頃には僕は看護師として復職していたため、夜は家にいることが多かったのだが、パートナーは帰りが深夜だったり、見え透いた嘘をつくことが徐々に多くなり、怪しんだ僕は、まさかとは思いながら風俗のサイトにパートナーがいないかを見た。すると顔は載っていなかったものの、明らかにパートナーだと思わせるような体型のプロフィール写真を発見した。そしてなんと、パートナーが不在の時間と出勤時間が一致していた。名探偵になった気分だったが、実際にこれが現実だとしたら、僕は正気が保てない気がした。

意を決してお店に電話をして指名を行い、指定されたホテルへ向かった。ホテルでドキドキしながら指名した子が来るのを待った。パートナーではなく、別人であることを何回も願いながら。そして、その時がやってきた。

ピンポーン。僕はドキドキしながらドアを開けた。「こんばんは」と向こうが顔を上げた瞬間、お互いが凍り付いた。なんとパートナーだった。動揺が隠せないまままとりあえず室内に二人で入った。いつかばれると思っていたと話をされた。僕はショックのあまり言葉が出せず、お金をパートナーに投げ捨ててその場を後にした。

その後、何回か電話があったが僕は取らなかった。言い訳なんて聞きたくなかったし、見たすべてが現実だった。今まで気づかなかった自分のバカさと騙されていたことに嫌気がさした。その日は家には帰らず友人の家に泊まった。パートナーからの電話とメールは止まなかったが、すぐに状況を受け入れたり、弁解を聞き入れる心の余裕もなかった。

二日後、仕事もあったため同居している家に帰った。パートナーは暗い表情で座って待っていたので話を聞いた。

お金に困っていたことが働いた一番の要因らしい。僕はセックスワーカーに対し偏見はないが、好きな人が働いていることはものすごく嫌だった。すぐにでも辞めてほしかったが、僕自身も援助できるだけのお金の余裕はなく、渋々納得せざるを得なかった。

今まではほとんど喧嘩をしたことはなかったが、そのことがきっかけでの喧嘩が多くなってきた。僕は、見ないほうがいいと分かっていながら、毎日店のホームページを気にしてしまい見ていた。指名が入るたびにその時間は苦痛だったし、予定時刻に帰ってこないこともとても嫌だった。飲みに行ったりしているなら許せるのだが、知らない人と一緒に裸になっていることを考えただけで狂いそうだった。

そして、パートナーと別れる決意をした。お互い依存気味になっていたし、恋愛をするために東京に来たわけでもないので、初心に返るためにも、引っ越しという選択肢を選んだ。同居人も新たな一歩を踏み出しており、僕たちの恋は終わった。

◆ちょっと一休みプチコラム◆

長女から長男へ

僕は一人っ子だ。兄弟がいないからこそ感じる孤独というものがある。これは一人っ子の人なら共感してくれそうだが。

親に自身の性自認についてカミングアウトしたのは十八歳の時だ。しかし、親の理解は得られなかった。というか、どこからを「理解している」と言っていいのか僕にはよくわからない。改名した名前で呼んでくれることなのか。それとも望む性で対応してくれることなのか。自分が満足した対応までが「理解」というレッテルなら、僕の両親は乏《とぼ》しいものがある。

カミングアウトをして、かれこれ十年がたった。しかし、理解という理解はないが家族関係は上手くはいっている。両親や祖父母、親族ともに僕の性自認については触れないからだ。

僕は実家に帰省する時、いつも髭を剃って帰る。これは男性ホルモン療法をしていることがバレないための一つの工作である。また、どうしても髭が剃りたくない時にはマスクをつけて帰るようにしていた。

　二〇一七年、社会人になって初めての正月を実家で過ごした。おじいちゃんが皮膚がんということもあり、どうしても帰りたかった思いが強かった。その時に意を決して髭を剃らず、マスクをつけずに帰ってみた。笑えることに誰も反応はしない。唯一反応したのはおじいちゃんだった。

「お前、顎髭を伸ばしているんか？」と普通に聞いてきた。祖父母は高齢であり、視力低下もあるため、見えないだろうと思っていたから不意をつかれた瞬間だった。

　僕も思わず「そうだよっ」としか言えなかった。

　そういえば面白かったのが、帰省した時、正月のための買い物におとんとおかんとおばあさんで行った時のことだ。

　おかんは昔から僕のことを「ともちゃん」と呼ぶことが多

家族とのスリーショット

く、フルネームでは呼ばないのだが、おとんとおばあさんは、スーパーでも「ともこ」と昔の名前を呼んでくる。知らない人がそれを聞いているとすごい目で僕を見てくるし、痛い視線も自然と伝わってくる。

実際知らない人から見れば、髭面の人が女性名で呼ばれていることは奇異なことだと僕は思う。そして、そのシチュエーションが昔はすごく嫌だったのだが、今はその光景すら何より笑えるひと時であり、女性名で呼ばれている時の周りの人の反応が面白くて仕方がない。

昔は女性名で呼ばれることがすごく嫌だったのだが、今では不思議と懐かしく、愛着を感じる。

そう思えるようになったのは、自分を受容している証拠なのかもしれない。

性欲処理方法

これ聞きたい人って多いと思う。日本って不思議と性について話すのはいけないことになっている気がする。下品なバラエティーやエッチな番組は、よく親から観てはいけないと言われていた。だから余計性についてのタブー感がある。

しかし、僕は根っからの変態だ。今回はトランスジェンダーの僕の性の話をしたいと思う。

僕のエッチな初体験は十八歳の時だ。キス程度の初体験なら小学校からしていた。とりあえずエロいことは好きだった。

セックスの方法は様々であり、そこに多様性がある。男性ホルモン注射を打つことで陰核部（栗とリス）は肥大化する。

僕の場合、陰茎形成まではしていないため、相手の膣奥までの挿入は難しい。しかし、興奮したら三センチぐらい肥大化したミニペニスがある。この息子なのか相棒なのかわからないブツを入れることもある。よく「相手は気持ちいいのか」とか「挿入している感じはあるのか」と聞かれることがあるが、愛のあるセックスであれば、どんな方法であっても気持ちいいと思う。

他のセックス方法として、ペニスバンドを使用したやり方や、おもちゃ（ディルトやバイブ）を使用したこともある。

セックス＝挿入だけではない。セックスを楽しむ方法はいろいろとあり、相手との気持ちが通じ合っていれば、愛があればどんなセックスでも気持ちいいと僕は実感している。

ただ、今まで好きになった相手の中には、顔が男性化していても下半身に女性器がついていることで嫌悪感を示したり拒絶をした人もいた。

また、陰茎形成までした人に聞いた話だと、現代の医療では陰茎形成術をした場合でも自然勃起は難しく、補助具を用いてのセックスになるらしい。

そして、挿入した時の感覚も人それぞれで、挿入した感覚がある人と、挿入したのかどうかわからない、あまり気持ち良さを感じない、という人もいるようだ。

XI　人生山あり谷あり

出世への道

その後、改めて看護師として働き出した僕だったが、二十七歳のとき管理職に抜擢された。入職してわずか一年ちょっとの出来事である。

最初は派遣社員として契約していたのだが、居心地がよく、社員になった。給料自体は、一般的な看護師の平均月収よりは少なかったが、福利厚生がしっかりしており、休みも多く、ＬＧＢＴの啓蒙活動にも時間を充てることができた。

ここは歌舞伎町や大久保（コリアンタウン）に近いこともあり、いろいろな患者さんが来ていて、まさに多様な病院だった。僕はそこで、ＬＧＢＴの取り組みをしたいと思っていた。

しかし、病院に訴えかけるにしても、めまぐるしく忙しい状況の中で、平社員の、しかも一人の人間が言うことにどれだけ耳を傾け、真剣に聞き、動いてくれるのかは未知数だったし、当時その病棟は自分が最年少だった。

なので、まずは信頼を得るために、人が嫌がる業務を率先してやったり、とりあえず上司の評価を上げるために、ひたすら頑張った。その甲斐もあったのか、管理の話が舞い込んできたのだ。

「よし、これで少しは主張を聞いてくれる立場になった」と嬉しく、管理職に昇格する話を引き受けた。

しかし、理想と現実はかけ離れていた。

LGBTの啓発を院内で行うことよりも、病棟の業務改善や、他部署との連携や、スタッフや患者さんの安全管理など、やることが多すぎて、管理職が初めての僕は、ただ必死にくらいつくしかなかった。

また、職場でLGBTについて取り組みたいとか言いながらも、自分がトランスジェンダーであることを病院全体に広めることにはすごく抵抗があった。自分が医療機関にかかるうえで困った体験を話した方が共感は得られそうだが、僕だって、性別にとらわれない社会で、能力や人柄だけを見てもらい、日々を過ごしていきたいこともある。

それにもし、差別や偏見を持つ人に会った時に、一人で闘い、太刀打ちできるかも心配だった。

そんなこんなで月日は経ち、意を決して、自分が作成したＬＧＢＴ困難事例・対応マニュアルを幹部に渡したが、結局は動いた甲斐もなくＬＧＢＴの取り組みを進行させることはできなかった。

組織を変えることはとても難しいが、医療とＬＧＢＴは生涯関係のある分野なので、これからはもっと啓蒙を行い、医療現場に新たな風を吹かせたいと思う。

手術後の異変

性別適合手術をしてから、徐々に更年期障害が襲ってきた。

急に来るホットフラッシュ。季節を問わず、爬虫類かと言われるぐらい手に汗をかいていた。もともと汗掻きだったけど、子宮と卵巣を取ってからさらに悪化した。周囲からからかわれることも多く、その頃から人と手を繋ぐことが嫌になった。

また、体力がなくなり、若くしてすぐに疲れてしまい、二時間動けば四時間は休息しないと疲労が蓄積するような体になってしまった。

メンタルにも変動があり、感情の波が激しくなった。何もないのに急にイライラしたり、逆に悲しくなったりと、自分でも感情のコントロールができないほど不安定になってしまった。

現在も、薬は飲んでいないものの、うつ病とは向き合っている。ストレスがたまりすぎたり、ホルモン療法を定期的に打たないことでの感情の浮き沈みもあるので、最近では、負荷がかかりやすいことは止めているし、自分の時間を意識して多めに取るようにしている。だが、ホルモン注射を打つことで、肝機能障害になることも多く、注射をストップしなければいけないことも多く、苦悩が続く。また、いつまでホルモン投与をしないといけないんだろうといった不安もある。

トランスジェンダー専属風俗店

僕は副業として、トランスジェンダーがキャストの風俗店に勤務していたことがある。キャストはトランス男性とトランス女性がいる。キャストは多様であり、治療をしている人から未治療で胸がある人などもいる。トランス女性の場合、アナルを使用できることが必須であり、オプション費用もかからない。逆に、トランス男性の場合はアナルを使用するかは選択でき、強制ではない。アナルプレイができる場合、オプションとしてつくため、バックでキャストが三千円もらえる仕組みとなっている。

そのほかにオプションとして、フリスクフェラやB面対応（女性の姿形をしてお客とプレイをする）などがある。マニアックな部分が多いため、六十分一万六千円と高め。店舗型の風俗とは異なり待機室はなく、予約が入ったらお店の方から直接キャストに連絡が来て、その日、予定が空いていれば直接ホテルに行くという形になる。どんなお客かはわからないものの、オプションや派遣場所を聞いて意にそぐわない場合は拒否することもできる。

お客はほとんどが男性で、プレイ自体のマニュアルはあるものの、未経験者が多く、お金をもらうのを忘れたり、コンドームをつけずにプレイをしてしまったりすることもあるそうだ。キャスト同士で話す場面がないため、この話は店のマネージャーから聞いた話なのだが。

ただ、普通の風俗と比べて客の数は少なく、本職にして生活をしていくのは難しいと思う。

心理カウンセラー

僕は十八歳の頃から自身の性別違和感や治療経過についてのブログを書いていた。すると不思議なことに、その記事を見て連絡してくるＦＴＭ当事者が多かった。特に僕と同じような経験をしたり、性について悩んでいる地方の人たちである。

僕は十八歳からメールでの相談をやっていた。それは今でも続けているのだが、多い時では一日二十通ぐらい来ることもあった。それだけ当時は相談する場所も当事者達の居場所もなかったのだとしみじみ思う。

内容としては、自分の性自認やジェンダーについての悩み、なかなか誰かにカミングアウトをしたいけどする勇気がないとか、社会生活をするうえで望む性で生活できない苦悩的なことが多かった。あとは治療や病院の情報を聞きたい人も多く、真面目な僕は寝る間を惜しんで、来るメールをその日のうちに返していた。

二十五歳になって、僕は心理カウンセラーの資格を取得した。僕のように悩み苦しんでいる人のメンタルケアを継続してやっていきたかったし、心理学についてもきちんと学びたかったからだ。

時代の流れかもしれないが、十年ほど前はトランスジェンダーやクエスチョニング当事者からの相談が多かったのだが、最近ではＬＧＢＴという言葉がメディア等で多く取り上げられ認知度が高くなったため、相談者も当事者の親であったり、当事者が身近にいるためにサポートをしたい人たちなど幅広くなってきている。

現在僕のところに寄せられる内容としても、戸籍変更をして結婚をしたＦＴＭ当事者からの子供を作るための相談であったり、学校の養護教員や行政などから多様な性についての勉強会をしてほしいといったこともある。

戸籍を変更したＦＴＭ当事者の場合、今の日本では女性生殖器を除去しなくてはいけないため、自分の子孫を残すことは難しく（卵子凍結保存をしている人もいる）、出産をすることも難しい。結婚した妻と子供をもつ場合には、誰かから精子を提供してもらわなければならない。僕の友人は、兄弟から精子をもらい自宅で人工授精を試み、一回で成功、問題なく妊娠出産をして、戸籍上も実父となり、今では幸せに暮らしている。

しかし、まだ生殖補助医療分野についてはなかなか進んでおらず、結婚をして子作りを考えたときにでも、多様な家族の在り方を視野に入れてサポートしている病院や施設はまだまだ少ない。

カラフル@はーと

二〇一五年五月に「カラフル@はーと」という自助グループを設立した。僕自身も精神疾患を抱えながら生きていたし、ちょうどその頃に性的マイノリティ当事者の精神的サポートをしたいと思っていた仲間もいたので良いきっかけとなった。

ここでは性的マイノリティであり、精神疾患や発達障害、依存症など複合的な問題を抱えている当事者の交流会をしている。

毎月四つのミーティングがあり、僕が担当しているトランスジェンダー、Xジェンダーの交流会でも様々な問題を複合的に抱えている当事者がいる。参加者はトランスジェンダ

カラフル@はーと一同（著者左から３人目）

ー、Xジェンダー、クエスチョニングなど多様である。ミーティングはそれぞれの交流会で特色があり、トランスジェンダーやXジェンダーでは性自認やジェンダーにおけること（いつ頃から違和感をもったのか、望む性で生活する上での悩み、治療段階におけるつらいこと、人間関係など）が多い。

自助グループを主催するのは初めてであり、わからないことも多く、また、精神疾患や発達障害を抱えている当事者と接することは、各疾患の特性を知った上での関わりも大切なので、苦労や悩める問題が多い。自分の発言で相手を怒らせないかとか不快な気持ちにさせないかとか、いろいろなことを考えすぎて、始めた当初は自分自身の精神的ストレスが大きかったのを思い出した。

月四回のミーティングとは別に、月一回のスタッフミーティングを行っており、スタッフ間での情報共有や、問題が発生したときには改善案を出し合ったり、トラブルを避けるためにもグランドルールを作成した。

当団体の代表メールにはダブルマイノリティの当事者からの参加相談や、生活していて困っていることなど、様々な相談内容が来る。長文で来ていることが多く、きっと文字を打っている側は、藁にもすがる思いでコンタクトをとろうとしているのだと思うと、複雑な気持ちになる。そして、内容も濃く、きっと誰にも自分の胸の内を話せず、繋がりも少ない当事者が、SNSで当団体を見つけて連絡をしていることが多いのだと思う。

性的マイノリティであり、複合的な問題を抱えている当事者は社会から排除されやすく、同じような境遇の当事者たちの輪にもなかなか入れず、理解されず孤立してしまったり、孤独を抱えている人が多い。

参加費は一回二百円。その理由として、少しでも多くの当事者に来てほしいからだ。たった二百円なんてという人もいれば、二百円を払うことができず次回の交流会で払う人、二百円を大事そうに握りしめてくる人もいる。たかが二百円、されど二百円。生活困窮にある人にとって、二百円は高額な料金でもあることを知っておいてほしい。

そして、性的マイノリティ当事者の中には複合的な問題を抱えていることが少なくない。

ダブルマイノリティやトリプルマイノリティの人がいることも、頭の片隅に入れておいてほしい。マイノリティの中のマイノリティはさらに社会的に生活しづらく、当事者間でも孤立や孤独を感じやすい。だからこそ、このクローズで行う交流会が少しでも孤独を忘れるような空間になってほしいと僕は思うし、共感し合える友好関係が築ければと思う。

この自助グループを設立して僕自身も居場所ができ、救われた気持ちになった。日本ではまだまだ弱音を吐ける場所が少ないと僕は思う。弱音を吐くことはいけないことなのだと、自然と先入観ができている気がする。中にはストレスのない「強い」と言うべきなのかどうかはわからないが、そんな人も存在すると思う。しかし、誰しも悩み苦しみ、もがいた時期があるのではないだろうか。

僕も昔は自分一人で抱え込み、心の中の気持ちは人に言うことができなかった。言うことにより自分がダメな人間と評価されるのが怖かった部分がある。でも今は、自分の気持ちを口に出して言えるようになってきた。じゃないと相手に伝わらないし、一人では抱えきれないことや変えられないこともあることを知ったからだ。

また、弱音を吐いてもよい環境にも恵まれたことも大きいとは思う。この自助グループがあることで参加者たちが誰か一人でも支え合え、雑談できる仲間ができ、自分の居場所ができればと思う。

僕は協合しあえる仲間たちに会えたことで、今の自分がいて、啓蒙活動もできている。

戸籍を変更したって壁がある

日本では、二〇一八年四月より性別違和がある当事者が治療に進む際、保険適用可能となった。しかし、適用の条件として認定病院であること、ホルモン療法をしていないことがあげられるのだが、GID学会が認定する病院は数えるほどしかなく、また、当事者たちは手術療法よりもホルモン療法を先にしていることが多いため、適用になる者はかなり限定された人になってしまう現状がある。

僕も陰茎形成をしようか悩むところではあるが、必然的に保険適用外になるため、現段階では身体的負担、経済的負担を考えると難しい。

トランス男性の場合、陰茎形成をするだけでも百万円以上はかかる。また、陰茎形成をしたところで男性のように勃起し精子を出すことも今の技術では困難であり、老後、体が老いてきたときに陰茎形成した部分のトラブル率も未知の領域であるため、戸籍変更はしたものの、その先の手術については今まで実施せずにきた。

僕の東京での居場所

僕の安心できる居場所はちょっとずつ広がっていた。新宿二丁目にあるコミュニティーセンター「ａｋｔａ」もその一つだ。

きっかけは知人の誘いでそこのセンターへ連れて行ってもらったことだが、僕にとっては重要な出会いだった。

コミュニティーセンターａｋｔａとは、ＨＩＶの啓発活動をしているところである。僕もａｋｔａのＨＩＶの啓発活動に関わるようになってから、何か嫌なことがあったり、逆に嬉しいことがあったりしたら立ち寄るようにしていた。皆の顔を見るだけでなんとなくほっとするからだ。自分が息抜きする場所として、すごく大切でかけがえのないところだと感じている。

コミュニティーセンターakta。
著者前列左

東京レインボープライド（ＴＲＰ）

毎年五月の第一日曜日に東京都内で行われるレインボープライドに、二〇一六年、二〇一七年と僕はフロート車の上に乗りレインボーフラッグを振った。また、二〇一七年からはＴＲＰスタッフとして運営に参加している。

音楽を流しながらフロート車が先頭を行き、その後ろに約二百名程度の方が思い思いのメッセージを書いたプラカードを持ったり、または持たずに好きなスタイルで歩いている。世界各地でパレードは行われており、気になる方は是非検索して、どんな感じで行われるか見てほしい。

レインボープライドとは、もともと一九六九年にニューヨークのゲイバーで起こったストーンウォールの暴動をきっかけに、世界中で行われるようになった権利獲得運動のこと。それに伴い、日本でも各地でレインボープライドが開催されている。

僕はウィーク部門担当で、レインボーウィーク中に行われるイベントの受付や主催イベントの企画、オープニングやクロージングパーティーの企画をしていた。

ＴＲＰの主催イベントとして、「トランスジェンダー／ＧＩＤの過去・現在・未来」のテーマでシンポジウムを行ったことがある。特例法ができる前から関わっていた方々等を

ソウルプライドパレード。著者左から２番目

お招きして歴史上に残るようなイベントとなった。

僕もすごく勉強になったし、昔からの地道な活動があるからこそ今、性的マイノリティ当事者が生きやすい社会に変わってきていると思う。

僕は台湾や韓国のレインボープライドにも行ったことがあるが、場所によってパレードの仕方も違うため、面白い。

おじいちゃん、ありがとう。そしてごめんね

二〇一八年五月六日、十八年間一緒に住んでいた祖父が他界した。八十六歳だった。おじいちゃんには僕自身のことをカミングアウトできていなかった。以前一緒に住んでいたこともあり、隠していたことに後ろめたさを感じ、いずれしたいとは思っていた。何回も実家に帰るたびにカミングアウトを試みたが、なかなか口に出す勇気が出なかった。

二〇一七年の正月は十年ぶりに実家で過ごした。いつもは髭がばれないように剃るかマスクをして帰るのだが、今回はオープンで帰った。二世帯住宅のため、なかなか顔を合わすことがなかったが、おじいちゃんが皮膚がんと診断され治療をするようになってからは、極力家に帰った時にはおじいちゃんの部屋に顔を出すようにしていた。

前にも書いたが、正月におじいちゃんと話している時に、ふと「髭をはやしているんか?」と聞かれたことがあった。その時に意を決して「うん」と答えたが、そのあとの言葉がなかなか出てこなかった。また次の機会に勇気を出して言うぞと先延ばしにしてしまい、結局、打ち明けられずに他界してしまった。

祖父の余命が迫ってきていることは、祖父が亡くなる二日前、勤務中に知らされた。僕は動揺が隠せず、職場の誰にも見つからない場所で泣いた。悲しくて急な現実を受け入れ

ることができなかった。今すぐにでも帰りたかったが、社会に出ている以上、私情を挟むわけにはいかない。その日は平然と仕事をした。幸いにもあと一日頑張れば二連休だったため、その週のうちには実家に帰ることができると期待をしていた。

するとと次の日の早朝におかんからメールが入った。「じいちゃんが亡くなった」と。

僕は状況を把握できず、急いでおかんに電話をした。しかし、電話ごしに泣きじゃくっていたのか、ほとんど会話になっていないし聞き取れない。

どうしても祖父に会いたかった僕は、おかんにそのまま病院に祖父をおいといてと言った。しかし、おかんは口を開き、

「あんた東京じゃん。どんなに頑張っても間に合わんよ。遠すぎる」と言った。僕の心にすごく響いた言葉だった。

スーツを着て急いで実家に帰った。東京から実家までは、新幹線を使って、早くても四時間はかかる。十年ぐらい会っていない従妹たちも来ていた。

祖父のもとに急いで行くと、祖父は布団で寝ていた。今にも目を覚ましそうな表情で、かすかに体も温かかった。

「じーちゃん起きてよ。帰ったよ」と話したが反応がない。亡くなっていることは頭では理解していたが、もしかしたら生き返るかもしれない、死んだのは嘘だったんじゃないかなんて思っていた。自然と涙が溢れてきて止まらなかった。僕は誰にも見えないところに

おじいちゃんと僕（小学生の頃）

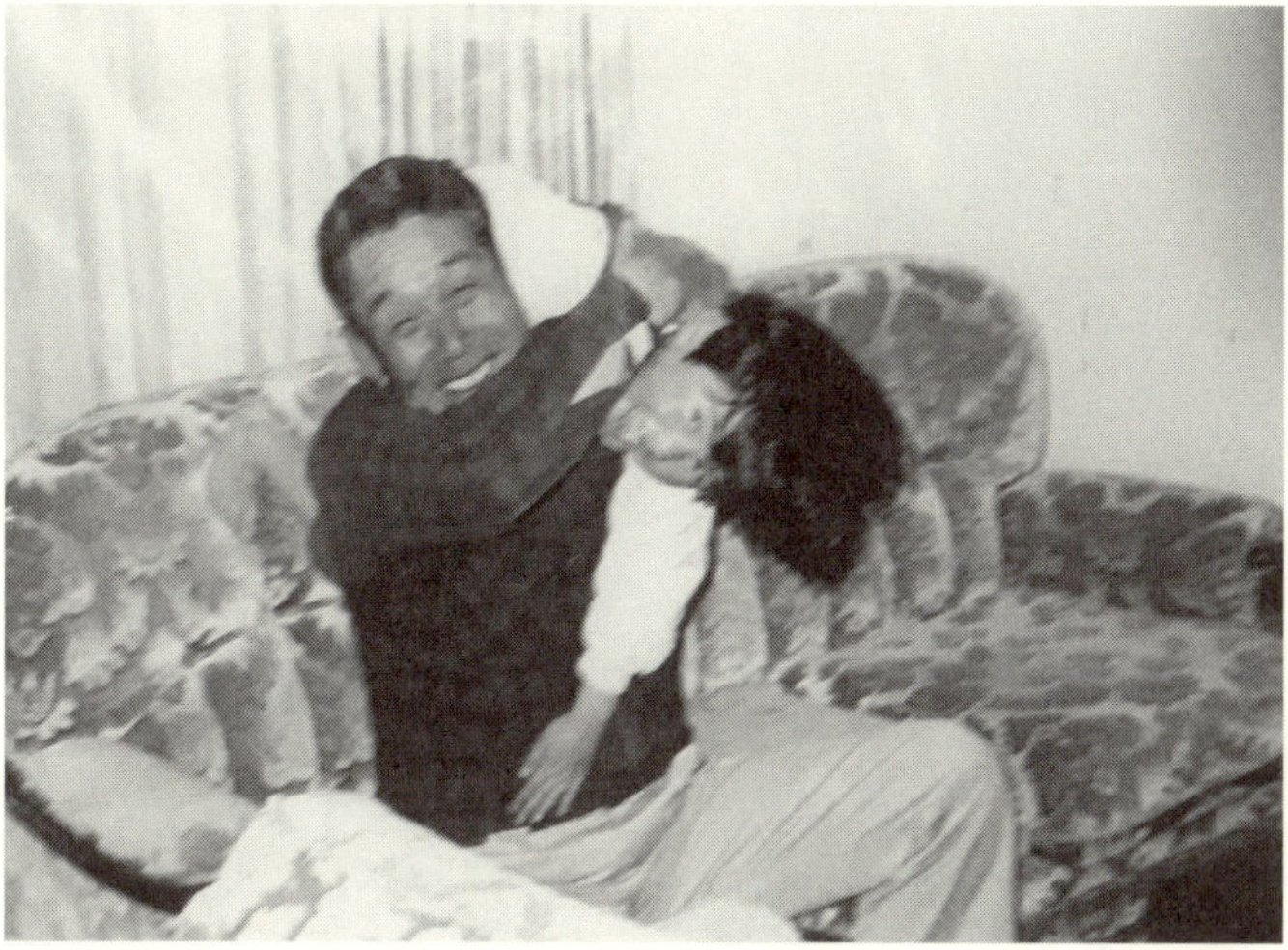

移動して泣いた。泣いている姿は誰にも見られたくなかったからだ。僕は身近な人間が死ぬことに免疫がない。だから、つらくて悲しくて心が痛くなる。

お通夜になり、町内会の人や親戚が家に来た。接待をするが、幼少期の僕しか知らない人ばかりなので、皆不思議がっていた。あえてカミングアウトをする必要はないと思ってはいたが、僕のことを聞いてくる人も少なくなかった。

おかんが「娘です」と紹介するものの、周囲のざわつきが半端ない。

「ちょっと変わっている娘なんです」と言ったところで、皆きょとんとしている。僕自身も女から男になったんだと話してみるが、年配の人が多く、理解ができないらしく、いつの間にか「智子の旦那」というポジションになってしまった。なんとなくLGBTという用語を知っている人たちは、他界した祖父の話ではなく、僕の話をひそひそとしていた。

葬式や告別式では、息子と娘で役割が違っており、女性だからということを理由に棺桶を持って移送させることを許してもらえなかった。

ただ、幸いにも葬儀屋の方は僕を息子だと思っていたため、あえて業者にはカミングアウトをせず、息子というポジションの役割でいた。それでも、僕が息子という立場で前に出ることでひそひそと話している人たちもいた。

祖父が他界したことがすごく悲しかったが、僕自身について周囲に言われることも、同様につらく悲しかった。LGBTという言葉は浸透しつつあると思っていたが、地方ではまだまだ偏見が多く、また、年配の人には理解しがたい現実であることを知った。

だからこそ、今後とも啓発活動を続けていき、誰もが除外されることのない社会をつくっていきたいと思う。そして、僕に関わるすべての人が笑顔で幸せに暮らせる日が来ることを願っている。

皆、何かしらのマイノリティであり、マジョリティ。理解できなくても知ることはできる。

後で知ったことだが、祖父は僕を含む孫四人に遺産を残してくれていた。「結婚式を見てやれないから」と祖父はおかんに言っていたらしい。

僕はいろんな思いが込み上げてきて泣いた。そして、まだ亡くなったことを受け入れられない自分がいた。実は嘘なんじゃないか、僕を騙そうとしているんじゃないか、そう思う。反面、祖父の写真が飾られた仏壇やお墓を見ると、早く受け入れなきゃと思う。

浅沼家ピンチ！

二〇一八年七月六日の夜、その出来事は起こった。

その夜はなぜか眠れずに夜遅くまで起きていた。すると深夜二時頃、一本の電話が来た。なんと、いとこからだった。

「ニュース見た？　おばちゃんから連絡来てない？」

僕は状況が読めず、詳細を聞くと、僕の地元が朝日アルミ産業岡山工場の爆発により、その爆風で窓ガラスや玄関などが吹き飛んだらしい。

一旦電話を切り、急いでネットニュースを見ると、速報で出ていた。地区全部が爆風により被害に遭ったらしい。

血の気が引いた。急いでおかんに電話するも、つながらない。僕は怖くて震えた。さっきのいとこに電話をしたら、次は隣町の倉敷市真備町を流れている小田川が決壊し、僕の実家まで浸水しているらしいと言われた。

テレビをつけても、まだそれらしきニュースはやっていなかったが、家族と連絡が取れないことで、気が狂いそうだった。東京にいるため、すぐに駆けつけることもできない僕は、ただ連絡がくるのを待つしかなかった。一分一秒がとても長く感じられ、生きた心地がしなかった。

三十分程度経った頃だろうか。いとこから電話がかかってきた。どうやらみんな無事だという報告を聞き、ほっとした。

その後数回おかんに電話をかけ、やっとつながった。すぐに僕に連絡をくれなかった悲しさや、頼ってもらえない苛立ち、怪我がないかの心配など、いろんな感情がぐるぐる頭の中にあったが、とりあえず声が聞けたこと、生きていたことにほっとした。

おかんは爆風で割れた窓ガラスと落ちてきた電球で手や顔を切っていたが、軽傷で済んだそうだ。地区の人は避難所へ逃げたそうで、ばたばたしているからとすぐに電話を切られた。

翌日、僕は朝から仕事だったが、心配で一睡もできなかった。仕事中、テレビでは岡山県の災害のことでもちきりで、僕は気が気ではなかった。上司に事情を話し、特別休暇をもらった。

災害のため、どこまで交通機関が動いているか分からないけれど、とにかく、リュックに水とタオル、少量の着替えを入れて向かった。

幸いにも岡山駅までは行けたため、その日は市内にある親戚の家に泊めてもらった。そこには実家に一緒に住んでいる祖母が泊まっており、顔を見た瞬間、ほっとした。避難所ではゆっくり休めないだろうと、親戚が気を利かせて家に泊めてくれたそうだ。

次の日、始発で総社に向かった。なんと祖母も、家が心配だからと一緒についてきた。一緒に行動するのは何十年かぶりだったので、なんとなく嬉しい気持ちになった。

電車の中では、家のことや、両親のこと、愛犬ラボのこと、いろんな不安がよぎった。総社駅に着くと、おかんが車で迎えに来てくれていた。疲れきっているおかんを目の前にして、思わず抱きしめたくなったが、恥ずかしいのでやめておいた。

車に乗っていざ実家へ。想像以上に、言葉にできないほど悲惨だった。窓ガラスがないために床上まで泥水が浸水しており、そこに爆風で倒れた家具や、ガラスの破片がたくさん落ちていた。今まで住んでいた家の原形がほとんどなくなっていた。

その日はとりあえず、避難所に泊まった。ラボやおとんもいて、みんなが無事だったことが何より嬉しかった。しかし、ラボは爆音の影響か、少しの物音でも震えたり、決してひとりになろうとはせず、いつも誰かのそばにべったりとへばりついていた。

避難所には支援物資があったのだが、性別で分けられているものが多く、とても取りにくかった。無料の入浴券が配られたのだが、高校卒業後にすぐに県外へ出た僕は、親にしかカミングアウトしておらず、近隣住民や同級生に会うことを懸念し、入ることができなかった。

避難所ではジェンダー別になっているトイレや更衣室を使うことに躊躇することが多く、公開カミングアウトにも恐れた。ぼろぼろになった実家の二階の割れたガラスを拾い、シートを敷き、そこで暮らした。しかし電気もガスも水も、窓ガラスすらない家に泊まることはすごく怖かった。真夜中、街中は暗いはずなのに、不審な車が走っていたり、人の声がすることも多かった。運が悪ければ泥棒に見つかり、殺されるんじゃないか、そんな恐怖とともに、割れたガラスの破片を武器とし、枕元に置いて寝た。

また、仮設トイレが五十メートル先あたりにあったのだが、怖くて、朝まで我慢をしていた。

家の片づけは親戚一同が来てくれた。六、七十歳代のおじいちゃんが多かったが、農業をしているせいか体力もあり、心強かった。

そんなこんなで一週間実家に帰り、無人島サバイバル的なことをしていたが、家族とずっと一緒にいられたことがとても嬉しかった。最終日近くになって電気が使えるようになったため、一階は雨戸をして、玄関はブルーシートを敷いて防犯した。二階にもブルーシートを敷き、掃除機をかけ、なんとかそこで寝泊まりできるようにした。さすがに一人では怖くなったため、おかんとラボを誘って泊まったりもした。

また、避難所生活は大変なので、僕が帰ったあと、少しでも祖母やおかんが住みなれた家で快適に寝泊まりできるようにしたかった。

〜最後に〜

最後まで読んでいただきありがとうございます。ずっと出したかった本がやっと形になり嬉しく思います。

僕は小さい頃から、周囲に大人びていると言われてきました。それは外見ではなく、冷静な考え方です。自分が周囲の人達と違うことに気づき、いつも他者の評価や顔色を気にしていたからだと思います。

よく僕自身の昔話をすると、「苦労してきたんだね、偉いね」と言われます。確かに苦労は人知れずしてきましたが、今はそれを笑い飛ばせるほどになりましたし、人生において誰しも山あり谷ありで、悩み、苦労をしてきた時期はあると思います。

昔は自分を偽り続けて生きていました。そのため、本当の自分が分からなくなった時期もあります。でも今、僕はとても人生が楽しいです。いろんな人に出会い、やりたいことを行い、たくさんある夢に向かって進んでいます。時には悩むこともありますが、それでも楽しく日々を送っています。

僕は生まれてきてよかったと後悔なく笑って死ねるよう全力で毎日生きています。

日本は男女二元論が強いと感じます。昔から「男は、女はこうあるべきだ」といろいろなことで形に当てはめられてきました。僕はトランスジェンダーですが、決して男らしくはありません。

性にはグラデーションがあり、トランスジェンダーの中にも多様性があります。何でも楽しく、気になることは自分で体験してみることをモットーに、これからも精一杯生きていきたいと思います。

徐々に変わってはきていますが、生活する上で男女に区別されていることはまだ多く、そのために生きづらさを感じることもあります。

誰しもにマイノリティな部分があり、逆にマジョリティな部分もあります。僕も性自認や性的指向はマイノリティですが、犬が好きなことはマジョリティです。

この本を読んでくださった人が少しでも視野が広がり、トランスジェンダーが日常生活で直面する問題について知り、サポートをしていただければ幸いです。

著者プロフィール
浅沼 智也（あさぬま ともや）
1989年4月30日、「晴れの国」岡山県生まれ。
現在、東京都在住。トランスジェンダー。
カラフル@はーと共同代表。看護師、認知症ケア専門士、心理カウンセラー、動物介護士。
ラジオ番組「虹色ジャーニー」パーソナリティ。

虹色ジャーニー　女と男と、時々ハーフ

2019年4月30日　初版第1刷発行

著　者　浅沼 智也
発行者　瓜谷 綱延
発行所　株式会社文芸社
〒160-0022　東京都新宿区新宿1－10－1
電話　03-5369-3060（代表）
03-5369-2299（販売）

印刷所　株式会社フクイン

ISBN978-4-286-20195-5